Herausgegeben für die Gruppe 48 e.V.

von Heidrun Zinecker und Heiger Ostertag:

Aus gegebenem Anlass: Auf der Flucht

Themenpreis der Gruppe 48 e.V.
2023

Anthologie

Impressum

© 2022 Dr..Heiger Ostertag; Prof. Dr. Heidrun Zinecker für die
Gruppe 48 e.V. sowie Mackingerverlag.
Redaktion und Buchsatz:
Prof. Dr. Heidrun Zinecker und Dr. Heiger Ostertag.
Lektorat/Korrektorat: Erich Pfefferlen und Heidrun Zinecker.
Titelbild: Graffiti Berliner Mauer. Lizenzfrei

Verlag:
Mackingerverlag
A-5101Bergheim
www.mackingerverlag.at
herbert@mackingerverlag.at

Bibliografische Information der Deutschen Nationalbibliothek:
Die Deutsche Nationalbibliothek verzeichnet diese Publikation in
der Deutschen Nationalbibliografie; detaillierte bibliografische
Daten sind im Internet über http://dnb.d-nb.de abrufbar.

ISBN: 978-3-902964-52-6

Inhaltsverzeichnis

PROSA

LYRIK

Die Anthologie ´Themenpreis der Gruppe 48´, Ausgabe 2023: *Aus gegebenem Anlass: Auf der Flucht* enthält Beiträge von 21 Autoren und Autorinnen, die von der Jury im anonymisierten Verfahren aus den Einsendungen zum Wettbewerb ausgewählt wurden. Darunter sind die Texte der für den Endausscheid am 5. Februar 2023 in Rösrath, Schloss Eulenbroich, nominierten sechs Autorinnen.

Nominiert für Prosa:
Dagmar Dusil
Catherine Chihab
Therese Wanninger

Nominiert für Lyrik:
Vroni Kiefer
Anneliese Merkač-Hauser
Johanna Dombois

Vorwort der Herausgeber

Gegenwärtig und weltweit sind über 100 Millionen Menschen gewaltsam vertrieben, das heißt auf der Flucht. Knapp die Hälfte überwindet dabei staatliche Grenzen, die anderen sind Binnenflüchtlinge. Flüchtlinge stellen ungefähr ein Sechstel aller internationalen Migrant/innen. 42 Prozent sind Kinder. Die Menschen flohen vor allem aus Syrien, Venezuela, Afghanistan und dem Südsudan. 2022 ist es aber die Ukraine, aus der rund 16 Millionen gekommen sind, davon über eine Million nach Deutschland. Alles in allem leben in Deutschland zwei bis drei Millionen Flüchtlinge. Die Zahlen wachsen rasant.

Sie, die dieses Buch in den Händen halten, kennen möglicherweise den einen oder anderen von ihnen: Keiner ist ohne Not, aus einer plötzlichen übermütigen Laune heraus, geflohen. Jetzt ist er Ihr Nachbar, der Mitschüler Ihres Kindes, bedient Sie im Café, bringt der Wissenschaft neue Ideen oder hat vielleicht gerade Ihren Computer repariert. Oder er muss auf all das noch warten. Viele von Ihnen werden um das Thema ´Flucht´ auch schon aus früheren Zeiten wissen: Manche(r) mag Flucht sogar noch selbst erlebt haben. Eher jedoch haben Eltern oder Großeltern davon erzählt. Sie, liebe Leser/innen, werden dann neugierig zugehört haben, womöglich mit Tränen in den Augen, vielleicht auch ratlos, wie Sie mit einem solchen – fremden und nun auch eigenen – Schmerz umgehen sollen. Und wenn Sie einmal Ahnenforschung betrieben haben, werden Sie bemerkt haben, dass insbesondere viele Ihrer ferneren Vorfahren … Flüchtlinge waren. Auch deren Flucht-Erfahrung tragen Sie in sich. Zumindest insofern sind also auch Sie ein ´Flüchtling´.

Nicht nur, weil in der Regel jedem Menschen Empathie eigen ist, sondern auch, weil er sich selbst als Flüchtling zu denken vermag, wird er den Geflohenen mit Verständnis und im gegenseitigen

Respekt begegnen. Die Gedichte und Prosatexte im hier vorliegenden Band stehen dafür. Diese Flüchtlinge sind normalerweise weder die Ursache unserer eigenen Probleme noch zu allererst arme Hilfsbedürftige, sondern eigenständige, oft sehr mutige und für die Aufnahmeländer, darunter Deutschland, wertvolle Mitmenschen. Richtig ist aber auch, dass sich vor oder bei der Flucht erlittene Traumata negativ auswirken können, auf die Betroffenen selbst, zuweilen aber auch auf die Aufnahmegesellschaft.

Wenn wir uns auf ´unsere´ Flüchtlinge einlassen, werden wir, so wir Glück haben, ihre Geschichten hören können. Es kann aber auch sein, dass uns dieses Glück nicht ereilt, denn Traumata machen das Erzählen schwer, oft unmöglich. Öffentlich werden ohnehin nur sehr wenige Betroffene ihre Flucht-Geschichte mitteilen. Da ist es gut, wenn auch jene, die nicht selbst Flucht erleben mussten, zur ´Feder´ greifen. Wenn sie es sind, die ihre dann ´rein´ fiktionalen Geschichten und Gedanken erzählen oder in Versformen gießen, muss das die Authentizität nicht schmälern, Berührtsein ohnehin nicht. Auch das zeigen die Wettbewerbstexte. Als die *Gruppe 48* in ihrer Ausschreibung zu diesem Wettbewerb die Aussage der renommierten Erinnerungsforscherin Aleida Assmann aufgegriffen hatte „Was auf sozialer Ebene nicht kommuniziert werden kann, wird verdrängt und vergessen", meinte sie auch Nicht-Flüchtlinge. Das Buch kann ein Medium dafür sein, einem solchen Vergessen, einer solchen Verdrängung abzuhelfen.

Die Anthologie *Aus gegebenem Anlass: Auf der Flucht*, die Sie, liebe Leserin, lieber Leser, jetzt in den Händen halten, soll ein solches Medium sein. Sie enthält die 21 besten Beiträge aus insgesamt 460 Einsendungen zu unserem *Themenpreis-Wettbewerb 2023* mit demselben Titel. Die Auswahl wurde von einer achtköpfigen Jury in einem mehrstufigen und anonymisierten Verfahren vorgenommen: Hatten die eingereichten Texte das ausgeschriebene Thema beachtet, dann gab es für die Auswahl nur ein einziges Kriterium: das der literarischen Qualität. Das heißt auch, dass wir insofern keine ´Political Correctness´ haben obwalten lassen, dass wir die – zeitlich und geografisch verschiedenen Fluchtkontexte – gleichgewichtig repräsentiert hätten. Darum ging es uns nicht. Allein menschenverachtende Beiträge waren aus dem Wettbewerb ausgeschlossen. Sie sind aber auch nicht eingegangen, was heißen könnte: Wer sich literarisch mit diesem Thema auseinandersetzt, muss sich so sehr in das Schicksal der Flüchtlinge einfühlen, dass ihm xenophobe Positionen fremd bleiben.

Zur Jury gehörten Hans Blazejewski, Sven Buchsteiner, Dr. Rüdiger Krüger, Dr. Andreas Lukas, Dr. Nora Pester, Dr. Heiger Ostertag und Cleo A. Wiertz, in der literarischen Öffentlichkeit allesamt hochanerkannt. Vorsitzende war Prof. Dr. Heidrun Zinecker. Ihnen, den Juror/innen, gebührt für ihre engagierte, gewissenhafte, vor allem aber literarisch-professionelle und zugleich feinsinnige Bewertung der Dank der *Gruppe 48*. Nicht zuletzt sei auch hier den Sponsoren des Wettbewerbs gedankt: Hans Blazejewski, Lehrte, (Mitglied der *Gruppe 48*), und der Dr. Jürgen Rembold Stiftung zur Förderung des bürgerschaftlichen Engagements, Rösrath. Ohne ihre Großzügigkeit hätte der Wettbewerb zweifellos an Bedeutung verloren, weil es als Auszeichnung für die Preisträger/innen nur ´warme Worte´ gegeben hätte.

Die Preisträger/innen werden am 05. Februar 2023 im Rösrather Schloss Eulenbroich, Bergischer Saal, gekürt. Das dortige Publikum wird über die beiden Gewinner, jeweils in der Sparte Lyrik und Prosa, entscheiden. Die Autoren der Finalrunde, die nicht den Hauptpreis erhalten, werden mit jeweils einem Nominierungspreis geehrt. Die Wettbewerbsveranstaltung ist eingebettet in einen *Thementag der Gruppe 48* zum eben beschriebenen Thema. Bestandteil dieses Thementags ist eine Lesung der ukrainischen Schriftstellerin Natalka Sniadanko. Dass wir diese Schriftstellerin für den Thementag engagieren konnten, verdanken wir einer Spende von Eleonore Hillebrand, Mitglied der *Gruppe 48*.

Manche der im Buch versammelten Figuren und Schicksale werden Ihnen, liebe Leserinnen und Leser – wie auch uns, den Herausgebern – nicht nur im Gedächtnis, sondern auch in der Seele haften bleiben. Erwarten Sie keine fröhlichen Texte, auch keine tröstlichen, gar hoffnungsfrohen. Einige Beiträge sind dramatisch, enden tragisch, andere sind elegisch. Wieder andere lassen den Ausgang offen, zum Beispiel die, in denen die Autor/innen ´ihre´ Flüchtlinge nachsinnen lassen … über das Für und Wider von Gehen, Bleiben und Zurückgehen, von ´Heimweh versus Fernweh´ und auch über Zurückweisungen, ob im ´Grenzland´ oder dahinter. Es wird also keine leichte Lektüre werden, doch eine, die nachhallt.

Die Herausgeber
Heidrun Zinecker und Heiger Ostertag

14

Vorwort von Jürgen Rembold

Seit über sechs Jahren unterstützt die *Rembold Stiftung zur Förderung des bürgerschaftlichen Engagements* die inzwischen über die Grenzen Deutschlands hinaus bekannten und etablierten Literaturwettbewerbe der *Gruppe 48 e.V.* mit Preisgeldern. Mit Kreativität und außerordentlichem ehrenamtlichen Engagement fördern die Vereinsmitglieder und Literaturbegeisterten europaweit schriftstellerischen Nachwuchs und entwickeln dazu professionelle neue Formate. Auf den zuletzt etablierten *Jugendliteraturwettbewerb* folgt nun der erste *Themenpreis-Wettbewerb* mit dem selbstredenden Titel *Aus gegebenem Anlass: Auf der Flucht.* Mit der fiktionalen Spiegelung von aktuellen oder zurückliegenden Fluchterlebnissen leistet der Wettbewerb einen wertvollen Beitrag zur Aufarbeitung der Geschehnisse, gegen das Verdrängen und Vergessen und stößt einen wichtigen gesellschaftlichen Diskurs zum Thema Flucht vor Krieg und Gewalt an.

Ich begrüße deshalb die Ausweitung des Formats um einen weiteren Wettbewerb mit Fokussierung auf ein spezifisches Thema und freue mich über den gelungenen Start in diesem Jahr. Auch als Mathematiker habe ich viel Freude an den hochkarätigen Vorträgen der Autoren und der persönlichen Auszeichnung der Preisträger/innen.

Nach den erfolgreich aufgelegten Anthologien zu den etablierten Literaturwettbewerben gibt es auch für den *Themen-Wettbewerb* ein Kompendium mit den Texten der Preisträger/innen sowie weiteren qualitätsvollen Beiträgen, um damit den Mut und die Kreativität der Autoren/innen zu würdigen, die es nicht ins Finale geschafft haben. Ich wünsche Ihnen viel Spaß beim Lesen!

Ihr Dr. Jürgen Rembold

Dr. Jürgen Rembold Stiftung zur Förderung des bürgerschaftlichen Engagements

Die 2011 von Dr. Jürgen Rembold gegründete Stiftung fördert gemeinnützige Initiativen, die bürgerschaftliches Engagement und damit gemeinwohlorientiertes Handeln anstoßen und unterstützen aus den unterschiedlichsten Bereichen wie Kunst und Kultur, Bildung und Erziehung, Jugend- und Altenhilfe, Wissenschaft und Forschung sowie Umwelt- und Naturschutz.

Weitere Informationen finden Sie auf Facebook und unter www.remboldstiftung.de

Vorwort von Hans Blazejewski

Flucht und Vertreibung

Worte vermögen nur annähernd auszudrücken, was es mit den Menschen macht, die flüchten oder vertrieben wurden. Wir sehen und lesen darüber, aber unser Wissen bleibt an der Oberfläche. Was wissen wir schon über das Grauen, die Angst oder die Fluchtumstände, wir, die wir hinterm Ofen sitzen. Wir lesen Berichte, die unser Mitgefühl ansprechen. Nur, wir sind Zuschauer, Beobachter dieser menschenbedrohlichen Ereignisse.

Ich bin dankbar dafür, dass die vorliegende Anthologie erscheinen konnte. Diese Erzählungen und ebenso die hier vorgestellte Lyrik lassen Raum zu interpretieren, lassen Raum für Anteilnahme und Mitgefühl. Kaum ein Beitrag zu diesem Thema, der mich nicht angerührt hat, oft waren es nur einzelne Worte oder das, was ich zwischen den Zeilen glaubte, lesen zu können. Viele der Einsender haben ihre emotionalen Schmerzen und Verletzungen literarisch sichtbar gemacht. Das war sicher nicht leicht. Ich weiß das aus meinem eigenen Empfinden, denn ich gehöre zu den Kriegskindern, der sogenannten vergessenen Generation, wie Sabine Bode sie benannt hat.

Flucht und Vertreibung.

Man möchte so gern bleiben und muss doch fort. Eine Aussage, die Raum bietet zum Nachdenken über die Endlichkeit unseres Daseins oder die Hoffnungslosigkeit, die zur Flucht führt, auf der Suche nach einem besseren, friedvollen Leben. Wie fühlt sich Hoffnungslosigkeit an, wenn man aus dem – oft nachträglich überhöhten – Paradies vertrieben wird? Wenn man durch die Hölle gejagt wird, um ausgespuckt an einem Ort zu landen, den man sich nicht ausgesucht hat und an dem man fremd unter Fremden ist, oft fremd bleibt in einer Gemeinschaft, die in Teilen dem Fremden indifferent bis feindlich gesonnen ist.

Johannes Bobrowski hat uns, zur Mahnung, diese Zeilen hinterlassen:

(...) der Väter Rede tönt noch herauf:

Heiß willkommen die Fremden.

Du wirst ein Fremder sein. Bald.

Einige Hoffnungssätze, gerichtet an all die Einsender, die es nicht ´geschafft´ haben: Wer zu flüchten hatte, der hat den Schmerz nicht in seinem Gepäck, sondern dieser hat sich festgesetzt, eingebrannt und Seelennarben hinterlassen. Ein langer Nachhall, der das weitere Leben unbewusst beeinflusst.

Schreiben Sie weiter. Schreiben Sie gegen den Schmerz. Hoffnung beinhaltet Zukunft, Zuversicht, Lebensenergie und Mobilisierung der Selbstheilungskräfte und vieles mehr. Viele Worte auf Hoffnung, allemal eine Hoffnung wert, oder?

Hans Blazejewski

Prosa

Dagmar Dusil

Kalte Tage

Die Nacht atmet Schnee, ich lausche, ich liege in der U-Bahn-Station, ich bin halb Kind halb Ratte, die Stimme meiner Mutter klingt schwer. Trink, sagt sie und reicht mir die Flasche, Märchen fließen durch meine Kehle, und ich höre Großmutter sagen, hier sind wir sicher, draußen fällt Schnee, draußen fallen Bomben.

Die Katze miaut, streift die Angst von meinen Beinen, Großmutter liest in der Bibel, die Worte sind gespalten, geschlachtete Tiere, geopfert auf einem imaginären Altar. Der Frieden zersplittert am Morgen, sein Samen ist unfruchtbar geworden, kein Korn wird sprießen, Gliedmaßen am Wegesrand tragen die Erde, Tote liegen mit offenen Augen, fangen den Himmel ein. Ich träumte von einem bösen Zauberer, es war kein Traum, wenn der Zauberer auf mich eine Bombe wirft, dann fange ich Feuer, dann bin ich eine lebendige Fackel und leuchte und brenne. Ich spüre den Schmerz auf der Haut, rieche das verbrannte Fleisch, im Frieden war der Geruch ein anderer. Er ist ein Dämon, ein Teufel, dieser Zauberer, dessen Namen Großvater nicht nennt.

Was will er, frage ich leise, und Großvater sagt, unser Land, unsere Seelen, unsere Lieder, unser Blau und unser Gelb. Der liebe Gott ist gestorben, denke ich laut, Großmutter bekreuzigt sich, Großvater reibt sich sein steifes Bein, Mutter sagt, wir werden Flüchtlinge sein, als ob die Häuser sich Zigaretten angesteckt haben, der Rauch kringelt sich zum Himmel, das Haus ist nicht mehr ganz.

Mein Kinderzimmer ist eine offene Wunde, die Legosteine halb verbrannt. Der Lindenbaum vor dem Rahmen, wo einmal ein Fenster war, hat alles gesehen, wird es in seinen Knospen und Blüten speichern und sagen. Kalte Leichentücher fallen auf leblose Körper, eine Hand berührt den Bordstein, die Nägel sind rot.

Mutter packt Taschen, wir gehen, fliehen, Vater muss bleiben. Wir stehen am Fenster des Zugabteils, nur eine Glasscheibe trennt uns von Vater. Er hat Geige gespielt in einem Orchester, nun wird er ein Kämpfer. Der Zug setzt sich in Bewegung, langsam wie eine zögernde Braut, ein langgezogener Pfiff der Lokomotive begleitet unser Leid.

Im neuen Land ist es wie im Paradies und doch denk ich an die Hölle und an Vater. Am Morgen, im Schlaf, der so leise ist, tropfen Träume auf mich herab. Ich höre Mamas Stimme, sie klingt wie ein dünner Faden, und ich weiß, sie spricht mit Vater. Jeden Morgen überprüft sie sein Lebendigsein, hört seinen Atem, weint sich klein.

Auch hier in meiner neuen Heimat steht ein Lindenbaum vor dem Fenster, eine Linde des Friedens, die fällt in den Sonnenschein, ein Himmel ohne Drohnen, Straßen ohne Tote, ohne Sirenengeheul. Legosteine glatt und intakt. Ich sitze vor ihnen und baue Gewehre. Ich werde den Feind erschießen, ihn töten, noch bin ich klein, doch wenn es ein langer Krieg wird, wie ich Großvater habe sagen gehört, dann hab ich die Waffe, dann bin ich bereit.

Der Ort, in dem wir wohnen, lässt Stille erklingen, die Ruhe bricht unsere Ängste, die Hoffnungen kreisen wie Adler durch Lüfte. Ich denke an Vater, an die Sirenen, die heulen und warnen, an Bomben und Schüsse, an die Toten, an Schutt und Asche, an vergangene Häuser.

Ich laufe in den Garten, das Grün des Grases gehört den Lebenden, ich laufe und kreise, die spanische Quitte schreit laut, dann seh' ich die Hügel, bedrohlich und braun, ich falle in den Schrei der spanischen Quitte, Mama und Großmutter eilen herbei. Mein Schrei lässt Großvater schneller hinken, die fremden Nachbarn winken.

Ich schreie, die Gefahr lauert in den unterirdischen Hügeln, dort müssen Bomben sein, jeden Augenblick können sie explodieren, dann wird der Friede auch hier kaputt sein.

Mama nimmt mich in die Arme, ich zittere, bin bleich, es sind doch nur Maulwurfshügel, sagt Mama und weint.

Dagmar Dusil
Nominiert für die Finalrunde des Wettbewerbs

Dagmar Dusil wurde in Hermannstadt (Siebenbürgen) geboren. Sie studierte Anglistik und Germanistik an der Babes-Bolyai-Universität Cluj-Napoca. Seit 1985 lebt sie in der BRD. Zahlreiche Veröffentlichungen. Zuletzt erschien 2022 der Kurzgeschichtenband „Entblätterte Zeit". Sie ist Mitglied der GEDOK Franken, der internationalen Autorenvereinigung DIE KOGGE, der Künstlergilde Esslingen sowie des Exil-Pen-Clubs. 2017 wurde sie mit dem Dorfschreiberpreis Katzendorf ausgezeichnet. 2022 erhielt sie den Preis für Prosa und Lyrik der Künstlergilde Esslingen.

Catherine Chihab

Regengrenze

Hier war mal eine Regengrenze. Damals. Als wir zu meiner Großmutter fuhren. Mein Vater und ich. Als sie noch lebte. Auf der Landstraße, die durch den Wald nach Gonsenheim führte. Ich hatte nie darüber nachgedacht, dass der Regen, wenn es regnet, auch irgendwo aufhört. Als Kind dachte ich, wenn es regnet, regnet es überall. Aber da war sie, die Regengrenze. Eben noch warf der dunkelgraue Asphalt vor uns Blasen und auf einmal fuhren wir auf eine unsichtbare Mauer zu, nach der die Straße in ihrem üblichen gleichgültigen Hellgrau vor uns lag. Plötzlich quietschten die Scheibenwischer. Ich schaute zurück. Hinter uns regnete es noch, vor uns nicht mehr. Was war das? fragte ich meinen Vater. Irgendwo muss der Regen ja anfangen und aufhören, sagte mein Vater. Damals. Nachdem wir die Linie passiert hatten. Wahrscheinlich wirst du das nie wieder sehen. Mein Vater benutzte das Nie wieder öfter. Meine Großmutter auch. Ich geh nie wieder in ein Krankenhaus, sagte sie manchmal, wenn sie Schmerzen in der Hüfte hatte. Oder im Knie. Oder im Rücken.

Einmal hatte mein Vater Erdbeerpflanzen für uns gesetzt. Er sagte, ihr müsst sie nur noch pflücken. Wenn sie reif sind. Die Erdbeeren. Aber weil wir Kinder waren und dumm, vergaßen wir die Erdbeeren meistens. Sie hingen traurig an ihren Stielen und verfaulten in der Sommersonne. Was für eine Verschwendung, sagte mein Vater. Ich pflanze euch nie wieder was an. Und er riss die Pflanzen aus der Erde. Braune Krümel baumelten an ihren Wurzeln. Mit jeder Handbewegung meines Vaters fielen mehr Erdklümpchen herab, bis die Wurzeln nackt in der Luft hingen. Meinen Geschwistern fiel die Lücke im Beet nicht auf. Mir schon. Ich fühlte mich schuldig. Gegenüber den Erdbeeren, den Pflanzen und meinem Vater, der als Kind fast nie Erdbeeren hatte. Meine Oma sagte, am Ende vom Krieg hätte es Rezepte gegeben, wie man aus Eicheln und Rosskastanien Essen macht. Sie hatte es versucht, aber sowieso hatte jeder Hunger.

Als 89 die Mauer im Fernsehen fiel, tranken meine Eltern gerade Rotwein. Wir Kinder durften Cola trinken. Cola gab´s bei uns damals nicht, sagte mein Vater. Und Fanta? fragte ich. Mein Vater sagte, das wäre eine dumme Frage. Ich wusste dann immer noch nicht, ob es Fanta gegeben hatte. Meine Großmutter aß bestimmt gerade zu Abend. Sie aß immer spät zu Abend. Allein und mit viel Butter.

Was ist das für eine Mauer? fragte ich meine Eltern. Mein Vater sagte die Mauer sei eine Grenze, die Anderen mit Gewalt verboten hätte, von der einen Seite der Welt auf die andere Seite der Welt zu gehen. Diese Grenze hätte durch Deutschland geführt. Früher, sagte er, hätten er und meine Großmutter auf der anderen Seite der Mauer gewohnt, aber dann seien sie geflohen. Nachts. Es war sehr kalt und dunkel. In den Westen. Und nie wieder zurückgekehrt. Meine Mutter sagte mir später einmal, deine Oma wollte deinen Vater erst nicht mitnehmen. Aber Tante Magda hat gesagt, sie verpfeife sie, wenn sie die Kinder nicht mitnehme. Ich verstand das nicht. Auf vielen Ebenen nicht.

Und jetzt ist die Mauer weg? frage ich. Für wie lange? Für immer, sagte mein Vater. Das war´s. Schluss aus! Jetzt kann sich jeder frei aussuchen, von wem er sich verarschen lässt. Ich wusste dann nicht mehr, ob ich das Wegsein der Mauer gut oder schlecht finden sollte. Aber die Menschen im Fernsehen freuten sich alle. Sahen aus wie emsige Ameisen in bunten Jacken.

Mein Vater benutzte ´Nie wieder´ gerne. Meine Großmutter auch. Als dein Großvater nicht mehr zurückkam, wollte ich nie wieder heiraten, erzählte meine Großmutter immer. Damals. Nachdem mein Großvater irgendwo, weit weg, totgeschossen auf gefrorenem ungarischem Boden liegenblieb. Und später dann in einem Massengrab in Wien. Am Ende vom Krieg. Als mein Vater noch ganz klein war. Keiner der Bruttwig-Brüder hat den Krieg überlebt, sagte mein Vater. Es waren fünf Brüder gewesen.

Meine Großmutter heiratete nie wieder. Meine Großmutter hielt immer ihre Nie-Wieders. Mein Vater auch. Wenn du nicht lieb bist, sagte sie zu meinem Bruder, bringe ich dir nie wieder Süßigkeiten mit. Ich sagte zu ihm, bitte sei lieb, sonst muss ich immer mit dir teilen.

Wie war es denn im Osten?, fragte ich meine Großmutter ein paar Jahre später. Nach dem Krieg wollte ich da weg. Wie es roch. Wie es aussah. Und nischt zu beißen. Ich gehe nie wieder in den Osten zurück, sagte sie, nischt für einen Tag. Meine Großmutter nahm den Krieg und den Osten bis zuletzt sehr persönlich. Bist du froh, dass es keine Mauer mehr gibt, fragte ich sie einmal. Meine Großmutter pfte dann und sagte, jeder solle sich um seine eigenen Angelegenheiten kümmern. Meine Mutter nannte sie bittere Frau. Mein Vater nannte sie Hedwig.

Nachdem meine Großmutter totgeschossen von sich selbst auf einer deutschen Chaiselongue liegengeblieben war, wurde ich traurig. War es schön in Valencia, hatte meine Großmutter am Telefon gefragt. Ja Oma, hatte ich barfüßig beiläufig gesagt, weil ich wieder raus in die Sonne wollte. Das war's. Dann haben wir nie wieder gesprochen. Für immer.

An dem Tag, an dem wir alle zur Verbrennung kamen, regnete es. Überall. Mein Vater rauchte wieder. Als die Holzkiste mit meiner Großmutter in den Ofen gefahren wurde, sagte ich: Jetzt ist sie zum letzten Mal über eine Grenze gegangen. Was hast du nur immer mit Grenzen, fuhr mich mein Vater an. Es zischte. Mein Vater sah mich an und schließlich weg. In die Ferne. Wir anderen, meine Mutter auch, waren ganz still. Niemand weinte.

Catherine Grambow-Chihab,

Nominiert für die Finalrunde des Wettbewerbs

Catherine Grambow-Chihab, Jahrgang 1980, wurde als Kind einer Irin und eines Deutschen in Mainz geboren. Sie lebt mit ihren drei Söhnen und ihrem Mann in Ingelheim. Sie schreibt vorwiegend Gedichte und Kurzgeschichten, und arbeitet an einem Roman, allerdings in englischer Sprache. Diverse Gedichte und Kurzgeschichten wurden in Anthologien deutscher bzw. österreichischer Verlage veröffentlicht, eine wissenschaftliche Arbeit zum Thema irische Lyrik mit Gender-Schwerpunkt in einem Universitätsverlag.

Therese Wanninger

Auf der Flucht erschossen

Gleich wird es vorbei sein. Das Blut ist noch warm und hinterlässt einen hässlichen Fleck auf meiner Jacke. Man darf Blut nur kalt herauswaschen, hat Babuschka immer gesagt. Da war sie sich mit allen Großmüttern der Welt einig. Sie würde die Hände über dem Kopf zusammengeschlagen haben. Mein Junge, was hast Du wieder angestellt. Sie würde sich um uns gekümmert haben, um mich und den Fleck. Nacheinander, denn der Fleck kam zuerst, er durfte nicht eintrocknen, sonst wäre er nie wieder herausgegangen. Eine Wunde trocknete von allein, jedenfalls die Art von Wunden, mit denen ein kleiner Junge wie ich zu kämpfen hatte. Sie vergaß nicht, die Tränen abzuwischen. Das kam ganz zum Schluss dran und dauerte wunderbar lang. Manchmal sang sie dazu ein kleines Lied, bis mir die Augen zufielen. Ich schlief tief und träumte mir den Fleck weg. Wenn ich aufwachen würde, wäre alles gut.

Lauft, lauft, haben sie gerufen. Und hinter uns in die Luft geschossen. Ihr seid frei. Es war ein kleiner Spaß, der einzige, den sie an diesem Tag hatten. Wir wussten, dass wir um unser Leben liefen. Wir wussten, sie würden uns eine Weile laufen lassen. Eine Weile am Leben lassen. Dann würden sie auf uns schießen. Piff, Paff, ojojoy! Umiraet zaichik moy. Mein Häschen liegt im Sterben.

Babuschka, weine nicht. Wir wussten es. Nur geglaubt haben wir es nicht. Ein Jäger schießt. Was hätte er sonst tun sollen? Heute hat es Dein Häschen erwischt. Tragt mich zu Grabe mit dem Fleck. Man soll ihn sehen. Alle sollen ihn sehen.

Mach Dir keine Sorgen. Es tut nicht mehr weh. Ich werde bloß schwach. Ich denke an meine Kinder, die ich gerne gehabt hätte. Die Älteste wäre nach Dir gekommen. Der Jüngste wäre mein Liebling geworden. Er wäre stolz gewesen auf seine Vorfahren, die aus so vielen Ländern stammten. Ich hätte sehr alt werden können, wenn nicht der Krieg dazwischengekommen wäre. Der Kleine hätte ein Leben in Freiheit gehabt, wie seine Schwestern, als ob es nie etwas anderes gegeben hätte. Sein Name wäre Andriy gewesen, obwohl seine Mutter, die ich erst noch kennengelernt hätte, ihn lieber Alexander genannt hätte. Ich wäre jedoch dagegen gewesen und hätte mich durchgesetzt.

Im Liegen legt sich alles, nur nicht der Kopf. Ich denke zu viel, auch das hast Du immer gesagt. Babuschka, reich mir die Hand, die nach Deinem guten Waschmittel riecht, damit ich weiß, dass ich noch lebe. Oder wartest Du schon auf mich? Dort, wo schon Dein Mann, Deine Mutter und Dein Vater auf Dich warteten? Auch Dein Vater war ein Soldat. Einer, den der Krieg aus einem fremden Land dorthin verschlagen hatte. Deine Mutter hat ihn sich ausgesucht, weil er so traurig und fröhlich zugleich aussah. Ein Junge, jünger als ich es bin, konnte nicht ihr Feind sein. Er stand hinter dem Stacheldraht, und sie steckte ihm etwas zu. Das taten viele von Euch. Weil er wie kein anderer auf dem Akkordeon spielen konnte, wurde er ständig zum Essen eingeladen. So überlebte er und blieb. Er wurde mein Urgroßvater. Und Du, meine Babuschka, wurdest zuerst seine Tochter und schließlich die Mutter meiner Mutter, die ich nicht kannte, weil sie bei meiner Geburt starb. Viel mehr weiß ich nicht von ihr. Ich hatte Dich. Den kriegen wir auch noch groß. Das ist er geworden, bloß nicht alt, würde man bald über mich gesagt haben.

Den kriegen wir auch noch klein, dachte sich unser Nachbar. Falls er etwas dachte und nicht gleich drauflos schoss. Ich weiß, wovon ich rede, ich war mit Großväterchen oft genug auf der Jagd. Ich kann mich sogar an Urgroßväterchen erinnern, was Du bestreiten musstest, weil es angeblich gar nicht sein konnte. Vielleicht war es seine Musik, die ihn mir so lebendig machte. Er kam aus einem Land, in dem auf den Bäumen schöne Mädchen wachsen. Doch nicht so schön wie hier, habt Ihr Frauen lachend protestiert.

32

Ihn habt Ihr alle geliebt. Hättest Du mich jetzt noch geliebt? Man kämpft nicht gegen die eigenen Leute. Du hättest mich beschimpft, hinausgeworfen und danach gleich wieder in den Arm genommen.

Ich kämpfe, weil ich muss. Für die Freiheit muss man kämpfen, sagte mein Vater eines Tages. Er kam über den Fluss und nahm mich mit auf die andere Seite. Damit aus mir etwas wird.

Wo war ich freier als bei Dir, Babuschka. Wo war der Frühling heißer ersehnt, der Sommer länger, der Herbst wärmer und der Winter weißer als bei Dir. Welche saure Milch hat am besten geschmeckt!

Es waren ein paar Jungen auf einem Streifzug. Sieht so der Feind aus? Meinem Kameraden ging es gar nicht gut. Er verschwand im Gebüsch, und ich sollte Wache halten. Nun liegt er neben mir und atmet nicht mehr. Ich hätte besser aufpassen müssen. Die Hosen hat er noch immer halb heruntergelassen. Damit läuft man nicht schnell genug. Sie hatten Gewehre und waren zu viele. Sie mussten schießen, das musst Du verstehen. Auch wir hätten schießen müssen. Bitte verzeih mir. Ich konnte nicht schießen. Ich habe ihn erkannt. Wir waren auf derselben Schule. In Wahrheit hatte der kleine Wladimir gar keine Freude daran und es bestimmt nicht so gemeint. Er konnte nicht anders. Meinem toten Kameraden spuckte er ins Gesicht. Mir nicht. Mich ließ er liegen. Das hätte er nicht tun müssen. Er hätte mich vollends erschießen können. Doch er ist weggerannt.

Babuschka, bitte verzeih mir, ich komme nicht mehr an Dein Grab. Ich komme nirgends mehr hin. Dabei wäre ich gerne gereist. In andere Länder. Mein Vater hatte ebenfalls einen Großvater, der von sehr weit her kam. Dieses Land hätte mich interessiert. Dort gab es Kirchen, die wie Burgen aussahen, jeden Tag Wein, riesige Schinken und Speck, und immer genug Selbstgebranntes. Wie bei uns, hättest Du gesagt, aber auch, dass der Wein bestimmt sauer gewesen wäre, unser Wodka hingegen nicht. Der Großvater meines Vaters war genauso unfreiwillig gekommen, als Soldat. An der Brücke wurden sie zurückgeschlagen. Er lag unter den Trümmern einer Kirche und wäre dort nicht mehr hervorgekrochen, wenn ihn nicht ein paar Bauern herausgezogen hätten. Einer davon hatte eine wundervolle Tochter, die im Lazarett arbeitete und ihn pflegte. Es machte ihr nichts aus, dass ihm ein Arm fehlte. Sie nahm ihn mit zu sich nach Hause, wo er blieb und der Großvater meines Vaters wurde.

Ich weiß, Du mochtest meinen Vater nie besonders gerne. Er ist Dir fremd geblieben. Er wollte immer weg, meine Mutter nicht. Du hast ihm nie verziehen, dass er Dir Dein einziges Kind genommen hat. Du hättest ihm auch wegen mir die Schuld gegeben. Wäre er nicht gewesen, hätte ich heute nicht auf der anderen Seite des Flusses gestanden. Nun traf es Deinen Liebling, meine liebe Babuschka. Ein kleiner Trost ist, dass es für mich nicht so schlimm sein kann wie es das für Dich gewesen wäre. Das hättest Du nicht überlebt. Nicht auch noch der Junge.

Der Blutfleck in der Jacke fängt an zu trocknen. Babuschka, wo bist Du? Ich bin wirklich froh, dass Du das nicht mehr erleben musst. Ein Fleck, der nicht mehr herausgeht, hätte Deine Ehre beschmutzt.

Mein Vater wird nicht stolz auf mich sein. Ich bin in keiner Schlacht gefallen. Ich habe es nicht einmal geschafft, meinen Kameraden zu schützen, der sich in die Büsche verdrückt hatte. Davongerannt sind sie, wird man über uns sagen. Die Kugeln trafen von hinten. Auf der Flucht erschossen, werden beide Seiten melden. Ein Soldat läuft nicht davon. Mein Vater ist Soldat. Du musst noch viel lernen, hat er gesagt.

Bei Dir durfte ich viel lesen. Du nanntest mich Deinen kleinen Professor. Bestimmt wäre ich nach dem Militär ein guter Student geworden oder sogar ein Literat. Ich bin mit Deinen Geschichten und Gedichten groß geworden. Du hast sie nicht gesprochen, Du hast sie gesungen. Mit geschlossenen Augen und leiser, präziser Stimme. Ich kann es hören. Uzh nebo osenyu dyshalo, Uzh rezhe solnyshko blistalo. Was für eine Melodie. Ach, Babuschka. Es ist längst Herbst, auch wenn wir das nicht bemerkt haben. Die Sonne wärmt kaum noch. Mein Tag ist heute kurz. Mir wird kalt.

Nebel legt sich auf das Feld, auf dem ich liegen blieb. Habe ich geschlafen? Ist es schon morgen früh? Ich bin sehr müde. So müde wie nie.

Ich höre Stimmen. Durcheinander. Jemand schlägt den Takt. Bist Du das, Babuschka? Bist Du das, meine liebe Frau? Wie viele Kinder werden wir nicht gehabt haben? Wohin tragt Ihr mich? Da ist sie, ich sehe sie, sie sieht unserer Tochter jetzt schon so ähnlich.

Meine Babuschka, Dein Häschen kommt nach Hause. Du singst die Verse vom Kriegen und Frieden: Krieg zu viel ist niemals genug, kriegen wir Euch nicht, bekriegen wir uns … siegen werden wir immer, Frieden kriegen wir nie…

Therese Wanninger
Nominiert für die Finalrunde des Wettbewerbs

Therese Wanninger stammt aus einem kleinen Dorf in der Oberpfalz. Wie schon ihre Großmutter wanderte sie früh aus, lebt aber heute wieder auf dem Land.

Nach dem Studium einiger Geisteswissenschaften und der Biologie, kehrte sie zu ihren Wurzeln zurück und wurde Gärtnerin. Unter verschiedenen Pseudonymen schreibt sie Krimis für Senioren und veranstaltet rund ums Jahr literarische `Lesungen unter der Winterlinde´.

Michael Wenzel

Der Deserteur

Die Jungen wollen zum Rattenschlagen: auf der Müllkippe, die hinter dem Wald in einer Senke liegt, unweit des Dorfes.

Zugespitzte Prügel und Knüppel führen sie mit. Während sie durch den Wald streifen, zerfetzen sie Gestrüpp, benutzen die Knüppel als Sturmgewehre. Sie zersägen diese verfluchten Schweine, die im Unterholz lauern. Ratata, ratatata spucken die Lippen. Über die Schreie der Verwundeten legen sich die der Genugtuung: „Wir mähen euch nieder, … krepiert doch."

Als sie zum Waldrand kommen, wo die Hitze wie eine Mauer zwischen den Brombeerbüschen steht, sehen sie, wie einer auf Händen und Knien im Abfall herumkrabbelt. Der Wind zieht fauligen Dunst hoch. Die Müllhalde verschwimmt unter der dampfenden Glut. Krähen stolzieren darüber, als wären sie die Herren des stinkenden Haufens, verkünden das große Krah-Krah.

Sieht komisch aus, der Kerl da unten.

Wie ein grüner Käfer, der sich in den Unrat wühlt.

Ein Junge mit struppigem Haar spuckt aus. Als wolle er einiges losbekommen. Schüttelt angewidert den Kopf. Steht da, und der Knüppel schlägt in die offene Handfläche. Einen harten Takt.

„Was der da macht", sagt er. „Meint der … er findet Bratwürste oder ne Speckseite?" Die anderen lachen. „Hat nichts verloren hier, das Flüchtlingspack, … streifen genug welche rum, lassen mitgehen, was nicht angekettet ist."

Sie ziehen einer hinter dem anderen in kurzen Lederhosen durch die Sommerwiese, in allen Farben betupft, klatschen sich an Schenkel und Arme, denn die Pferdebremsen sind gemein wie Satan. Als würde ein Auftrag sie führen, so marschieren sie. Sie haben das Dorf zu verteidigen. Da kann nicht einer herkommen, um einfach abzugreifen, sich breit zu machen.

Unten stellen sie sich um den Mann, fixieren ihn.

Der bemerkt sie zuerst nicht, wühlt mit den Händen im Dreck. Sucht nach Essbarem. Ein paar faulige Äpfel hat er herausgescharrt, sonst noch einen verdreckten Knochen oder was Ähnliches. Nagt an dem Teil wie eine Ratte.

Ekel im Mund.

Als sie ihn anrufen, lugt er hoch, beschattet mit der Hand die Augen, weil das Licht blendet. Schaut hilflos aus, hohlwangig.

Er ist schon älter. Hat dunkle Augen in seinem von der Sonne verbrannten Bauerngesicht, borstiges Haar. Trägt eine grüne Hose, die völlig verschmiert ist, und eine Armeejacke, an der die Abzeichen abgerissen sind.

Er stinkt nach Schweiß und Scheiße. Das soll einer der tapferen Soldaten sein, das alte Dreckbündel!

„Bist doch einer von uns", sagt ein Junge. Zeigt mit dem Stock auf die Jacke. „Mein Bruder hatte so eine, ... war bei den Kanonen, ... bevor die ihn ...“

„Bei der Artillerie", verbessert einer. „Wohl abgehauen, wie, ... willst dich dünne machen, verdrücken?" Fragt aber nur sich.

Der Mann blinzelt zu den Jungen hoch, zuckt die Achseln. Sucht nach Worten, während er mit dem Handrücken über den Mund wischt, das abgefressene Zeug hinunterzuwürgen sucht.

Die Bartstoppeln knistern, als wollen die Funken schlagen.

„Ich hab nix mehr zu tun mit denen ihrm Krieg, ... gar nix", meint er schließlich, und sein Kopf ruckt in eine Richtung, wo wahrscheinlich die Front liegt. Die Hand macht eine endgültige Bewegung. „Muss zurück ... auf mein Hof, ... die Frau, wissts ihr, die schafft das nicht, so allein. ... Ich hab ne Menge Tiere, ... die wollen versorgt sein, ... hab Heu einzubringen ... und alles Mögliche zu richten. Da macht mir keiner was."

Er will zeigen, was ihm auf dem Herzen liegt, weil es ihn und vielleicht auch die Burschen angeht. Er weiß, dass sie aus einem Dorf in der Nähe kommen, von den Tieren leben. Und er weiß auch, dass sie die harte Feldarbeit kennen, die die Kraft aus den Knochen zieht.

Die stehen da wie ein Block, wollen nichts hören.

„Feig bist du", wirft einer ein, … „willst zur Mama zurück, sich unter ihrn Rock kuscheln, … der Kuh untern verschissenen Schwanz. Stinkst auch so!"

Gelächter ringsum.

„Was gibts denn da zu lachen", sagt der Mann, „wenn einer sein Tagwerk gut verrichtet? … Ist genug schwer die Arbeit, so für einen allein, … das kennt ihr doch", und deutet über die Felder und Wiesen, die unter der Sonne liegen, bald abgeerntet und eingelagert werden müssen.

Er weiß, wovon er spricht. Er ist einer von ihnen.

Das Gelächter bricht ab. Sie starren ihn an.

„Ihr wisst doch gar nicht, wies zugeht im Krieg, Jungs", sagt er in das Schweigen, „und dass sie alles zerdeppern und niederbrennen. … Die eignen Felder fackeln die ab und erschießen die Tiere. Vergiften die Brunnen. … Stellt euch das mal vor! Habs selber gesehen. … Da hab ich mir gesagt: damit hast du nix mehr zu tun!"

„Wird schon seinen Sinn haben", meint einer, nickt gewichtig, als habe er davon gehört. „Die haben gesagt, damit die Dreckschweine nicht alles kriegen. Wenn die schon unser Land krallen, … die verdammte Brut!"

Der Mann will etwas sagen, aber einer der Jungen ruft: „Er hats doch nur, weil du so feig bist. Mein Vater hat gesagt, wenn nicht so viele abhauen würden, wär der Krieg längst gewonnen und wir hätten die Schweine im Sack."

Diese Worte und andere kreisen den Soldaten ein.

Der weiß nicht, welchen er zuerst begegnen soll.

Dabei wedelt er mit den Armen, denn er will zeigen, dass für ihn alles drunter und drüber geht und nichts mehr am rechten Platz ist.

„Euch erzählen sie dies oder das", sagt er dann, „wie jedem, der nicht an der Front war, und ihr glaubt jedem. … Ihr seid halt noch Kinder, … mit euch, denken die, können sies machen. … Ich hab, Gott weiß, lang genug die Knochen hingehalten, … hab gesehen, wie die Kameraden wegsterben, … wie die Fliegen", und hebt die Hand, als wolle er aufheben, was sie ihm vorwerfen.

„Wofür soll ich noch kämpfen und draufgehen", sagt er und schüttelt den Kopf, als müsse er das loskriegen.

Die Jungen erstarren. Die Gesichter verfinstern sich. Fest liegen die Hände um die Knüppel. Zungen streichen über Lippen, wischen den Schweiß weg. Die Zeit der Worte ist vorbei.

Am Himmel schreit ein Vogel, rüttelt in der weißen Luft, bevor er nach unten stößt, in die Mitte von Tod und Leben.

„Jungs", beginnt der Mann wieder, als wolle er, was gesagt wurde, wegnehmen, ihnen ins Herz reden, „das ist doch euer Dorf, … dort, wo ihr wohnt, … und Vater und Mutter und Freunde habt …"

Das sagt er, als könne er sie erreichen, während er zu lächeln versucht.

„Mach dein feiges Maul zu, du, … dreckiger Flüchtling …", fährt der mit dem struppigen Haar dazwischen, „halt endlich die stinkige Fresse."

Als er auf den Mann zu stapft, schwankt er, weil die Füße im Abfall einsinken, abrutschen.

„Führst hier dicke Reden über deinen scheiß Acker und die blöden Viecher, die auf dich warten, … und wühlst selbst wie ne Ratte in unserm Müll. … Dabei hast du dir bestimmt schon die Hosen vollgeschissen. Das tun alle Feigen, hat mein Vater gesagt."

Sein Knüppel zielt mit der Spitze auf den Mann. Er dreht sich um, holt Bestätigung ab.

Die Kameraden nicken und feixen. Rücken näher, schließen das Rund.

„Gibs ihm", rufen die, „dem feigen Schwein, dem Verräter da. Verpisst sich einfach, während andre den Schädel weggepustet kriegen. …
Von dort haun nur die Weiber und die Alten ab. Das sagen alle."

Der Hass drückt den Mann in den Abfall. Er weiß nicht mehr, was er sagen soll, versteigt sich zu Worten, die er nicht überdenken kann.

„Dein Vater soll mal selber raus in den Krieg", sagt er, … „dann würd er nicht so daherreden", und will sich hochdrücken, denn er spürt, wie er die Füße auf den Boden bekommen muss, um den Buben entgegenzutreten.

Der Junge zieht den Knüppel jäh nach oben und schmettert ihn dem Mann auf den Schädel.

Blut spritzt.

Der knickt nach hinten weg, verdreht die Augen.

„Meinen Vater haben sie erschossen, … die verfluchten Hunde", schreit der Junge, und die Stimme überschlägt sich. „Damit dus weißt: er war ein tapferer Soldat, ganz tapfer. Das hat in dem Brief gestanden, … in dem von dem Oberst."

Er schlägt dem Mann zwischen die Beine.

Der krümmt sich. Brüllt irgendwas in den Dreck.

„Und mein Bruder auch", kreischt einer, „dem haben sie den Bauch durchschossen, bis die Gedärme rauskamen", und dann hauen und stechen sie auf den Mann ein. Treten ihm wie verrückt in den Leib, springen auf ihm herum.

Der richtet sich, irrsinnig vor Schmerz, halb auf, kickt dem mit dem struppigen Haar die Beine weg, dass der in die Abfälle plumpst, mit den Füßen in der Luft strampelt.

Die andern weichen zurück.

Der Mann kriecht zu dem Jungen hinüber, streckt die Hand aus.

„Tut mir leid, Junge", presst er heraus. „Könnt doch dein Vater sein."

Der scharrt mit den Händen im Unrat.

Findet eine Flasche. Die knallt er dem Mann über den Mund.

„Halt endlich dein Maul, ... dein dreckiges Maul", brüllt er schluchzend. „Ihr seid schuld, dass mein Vater tot ist, ihr, du, nur du, ... du feige Sau", wirft sich auf ihn. „Tot ist er", brüllt er, „und du, du willst mein Vater sein?"

Die Flasche zerspringt unter den blinden Hieben. Er stößt dem Mann den gezackten Flaschenhals in den Mund. Heulend prügelt er mit den Fäusten weiter.

Der gurgelt und spuckt schaumiges Blut, wirft sich hoch, dass der Junge von ihm herunterfällt. Die Arme rudern in der Luft. Schlagen um sich. Dann fallen sie nach unten, das zerfetzte Gesicht kippt zur Seite.

Oben, in der Ferne eines gleißenden Himmels, schreit der Vogel wieder, wie verrückt.

Langsam schaut der Junge in die Runde. Keiner gibt einen Laut von sich. Glotzen bloß. Einer krümmt sich, kotzt in den Müll.

Da schauen sie weg.

„Um den ists nicht schad", sagt einer, als könne das eine Erklärung sein, ... „einer weniger, der abhaut", aber niemand will etwas sagen.

Später scharren sie mit den Stöcken und Füßen Unrat und Lumpen über den Körper. Stumm marschieren sie zurück.

Die Knüppel haben sie weggeworfen, die Hände sind leer.

Die Krähen stolzieren herbei, haben ihr altes Krah-Krah zu bieten, picken wieder im Müll. Dicke grüne Fliegen summen über den Abfällen.

Bald kommen die Ratten. Alles ist, wie es war.

Michael Wenzel

Michael Wenzel, Jahrgang 1953. Arbeitet und lebt in Augsburg. Etwa 70 Einzelveröffentlichungen. Lesungen. Auszeichnungen, u.a. Literaturpreis der Universität Bamberg (2000), Evangelischer Literaturpreis für Kurzgeschichten 2010, Veröffentlichung: Dorfmenschen – Menschendorf, Kid Verlag 2019.

Kathrin Thenhausen

Unter Wasser bricht das Licht

Noch bevor man den Bahnhof verlassen hat, macht das Gerücht die Runde, ein Wal wäre an Bord. Zuerst sei er wohl im ersten Waggon gesehen worden, aber nun, wo der Zug die Hallen von sich abstreift und den Bahnsteig vom Fenster wischt, ist man sich sicher, er müsse ganz hinten sein.

Keiner weiß, wo das Gerücht seinen Ursprung fand, niemand hat das Tier mit eigenen Augen gesehen, jedenfalls niemand aus dem vierten Wagen in der Mitte des Zuges.

Man debattiert, wie groß der Wal sei, wie er sich in die schmalen Sitzreihen drückt, man debattiert über die Farbe des Wals genauso wie über den potenziellen Geruch.

Man fragt nicht, wie es dem Wal ginge, ob er das Meer nicht vermissen würde und wie er in dem stickigen Zugabteil überhaupt atmen kann.

Das Gespräch wandert die Sitze entlang, von Mundwinkel zu Mundwinkel, nur den Mann auf Platz 27 im Waggon Nummer 4 lässt es außer Acht. Er drückt die tief gefurchte Stirn in die kalte Scheibe und sieht aus, als würde er frieren in seiner dunkleren Haut. Je fester er sie gegen das Glas presst, desto glatter wird sie, von außen ist das Fenster ein Aquarium. Überleben, ohne zu wissen, was die anderen sagen in der fremden Sprache. Nur in sich hinein fühlen, was sie denken könnten. Es gibt keine Perspiration, überall ist Wasser und die Luft sammelt sich in den Sitzen der anderen Mitfahrenden. Atmen, ein, aus, ein, aus. Seine Augen wandern aus dem Zug heraus, er versucht durch den Nieselregen die Gegend zu erkennen, die verschleierten Felder, die gräulichen Wiesen, die in einem Schachbrettmuster angeordnet sind. Ab und an ein paar kleine Dörfer, Häuseransammlungen, seltener, je weiter sie sich von der Stadt entfernen. Der Zug schlängelt sich entlang der Linien, stets zwischen einem weißen und einem schwarzen Feld, daheim, so denkt der Mann, gibt es keine Felder mehr.

Nur noch ein graues Tuch und nicht einmal die Spielfiguren haben sie weggeräumt.

Sein Blick schleicht in Richtung der Leuchtanzeige, „not reserved", ein kurzes Aufflackern von Erleichterung, dann zieht er sich zurück, bevor jemand ihn bemerkt.

Er muss aufpassen und hält den Blick an der Leine, wie einen gut erzogenen Hund, der hinsieht, ohne gesehen zu werden.

Die Hände zittern unter den weiten Ärmeln, die abgekauten Nägel und ineinander verkrampften Finger strafen seinen Versuch, sich keine Angst anmerken zu lassen.

Aus den Ritzen des Fensters legt sich der Wind schwer auf seine Schulter. Es fühlt sich an wie damals, als eine Hand von hinten nach ihm griff.

Die strenge Stimme, stehen Sie bitte auf, das Bitte in ironischer Höflichkeit. Der Arm führte ihn heraus, ihn und die anderen Männer, deren Augen seine eigene Hoffnungslosigkeit spiegelten.

Sie trieben die Gruppe zusammen, die Grenzen scharf konturiert mit schwarzen Schlagstäben und der Weg war lange. So nahe waren sie der Grenze schon gewesen, jeder Schritt zurück war ein Hieb, der mehr als nur blaue Flecken hinterlässt. Seine Zähne knirschten, durchhalten muss er, für sie.

Entschuldigen Sie, ist hier frei? Ein junges Paar, vielleicht aber auch Geschwister, setzt sich ihm gegenüber und breitet die Gegenwart wie ein Leichentuch auf seinen Erinnerungen aus. Ihrer beider Haare sind weißblond, die Farben der Lilien, die er seiner Mutter hinterher trug und auf das dunkle Holz fallen ließ. Er streift mit der Hand über sein Gesicht, versucht die Falten zu glätten, in denen die Vergangenheit sitzt.

Nach vorne schauen, doch die Angst vor der Hand hat sich an

seiner Schulter fest gebissen und nagt an der Idee von Dort-drüben.

Er gehört in diesen Zug und die Freiheit gehöre zu ihm, sagt er sich. Das fremde Mädchen schaut aus dem Fenster und er fragt sich, was sie sieht. Wirklichkeiten lagern sich zu einem Spiegel übereinander, ihm erscheint alles so unwirklich. Unter der Oberfläche verzerren sich die Wolken und schieben sich vor die Sonne. Nur noch wenige Stunden trennen ihn von dem, was jahrelang schon sein war in der Dunkelheit. Denn nachts gibt es keinen Besitz, alles ist Besitz, zumindest bis die Sirenen die Träume rauben.

Das Mädchen könnte seine Tochter sein und der Junge sein Sohn. Er stellt sich vor, wie sie abends zusammen am Küchentisch sitzen, vor ihnen noch Großmutters Geschirr auf rot karierter Decke.

Sie würden ihm alles erzählen von dem Dort-drüben, von den geraden Straßen und Schachbrettfeldern ohne Löchern. Mit seinen Augen würde er ihre Lippenbewegungen nachfahren, um die unbekannte Welt ganz in sich aufzunehmen. Er würde ihnen einen Gute-Nacht-Kuss geben und dann dem Lächeln seiner Frau folgen in ein helles, stilles Zimmer.

Wie sie dort sitzen, in Abteil 4 des Zuges nach Österreich, baut er sich eine Kulisse mit dem Titel Familie. Seine Frau sei vielleicht auf Toilette oder im Raucherabteil. Sie seien unterwegs in den Urlaub, im Koffer kein Leben, nur ein paar Tage. Wie sollte denn auch ein ganzes Leben dort hineinpassen, denkt er die Gedanken von jemandem, der nichts weiß.

Ein ganzes Leben ist nicht viel in einem vom Tod regierten Land. Ein Leben ist das, was man an sich trägt, vielleicht ein paar Fotografien, den Ring der Großmutter, die lieber sterben wollte, als fliehen. Ich bin hier geboren, ich war hier glücklich, ich bleibe und Gott beschützt mich. Man braucht nicht viel einzupacken von diesem Leben, die Bilder lasten nachts schwer genug.

Ein Leben ist Geld, es hat den Wert von braunen Münzen. Erst wenn man es zu retten versucht, wird es wertvoll und sein Geld reichte nur für die Frau, die er liebt.

Geh du, ich komme nach. Bring das Kind in Sicherheit.

Es war das erste Mal, dass er Gewalt benutzte, er stieß sie über die Türschwelle, über die er sie einmal getragen hatte. Weg von sich.

In seinen Augen verschwamm ihre Gestalt, verschwamm alles, was ihm wichtig war, die Grenzen lösten sich auf, als hätte jemand sie überschritten.

Geh du, ich verspreche dir, ich komme.

Er hatte nur ihren Namen behalten, ihren Geruch und die Augen, die glänzten in der Nacht. Jeder flieht in seine eigene Nacht und er hatte gehofft, ihre lägen nahe beieinander. Jahre waren es nun.

Er lebte in den Nächten und starb an den Tagen, hielt sich fest an den Bildern, die Hoffnung versprachen. Ihr Duft vermischte sich mit dem weißer Lilien.

Die erste Grenze war die Grenze der Stadt und sie war verborgen unter den Trümmern seines Lebens. Zwischen den Mauern, die nicht mehr standen, hatte er seinen roten Ball verloren, dreißig Jahre war es her und Mutter hatte ihn getröstet. Sie lag nun da hinten und starrte starren Blickes seinen Rücken mit solcher Gewalt an, dass jeder Schritt tief in den Brustkorb drückte. Aber er muss doch gehen.

Die erste Grenze war frei gewesen, jede weitere war der Versuch mit der Dunkelheit zu verschmelzen. Manchmal fehlte ihm der Sauerstoff, er traute sich nicht zu atmen und die Stille zu brechen. Er schnappte nach Luft, schnappte nach Sicherheit und hatte das Gefühl zu ersticken.

Als Kind spielte er oft ein Spiel. Wer die Ritzen im Bürgersteig berührte, war tot. Nun waren es kleine Punkte in den Feldern und fremde Menschen, deren Schrittmustern er sein Leben anvertraute. Und dann der Zug, das Ziel, die Hoffnung und die schwere Hand, die von hinten auf ihn drückte.

Abermals reißt ihn das Paar aus seinen Gedanken, als sie das Abteil verlassen. Er unterdrückt den Wunsch, sich von ihnen zu verabschieden. Meine Familie, denkt er und fühlt sich fremd, ein verschwommener Fleck, der nicht dort hingehört.

Die Grenze rückt näher, Wälder türmen sich zu Hügeln, dann zu Bergen auf. Der Regen fließt auf das Schachbrett, bis sich die Linien zu Kreisen verformen und alle Konturen in grau auflösen. Letztes Mal war er der Grenze ebenso nah gewesen, letztes Mal war.

Quietschen und ein schriller Pfiff. Seine Beine schlackern, sein Oberkörper wird nach vorne geworfen wie ein Spielball in den Wellen, das Gewicht der Leere auf der Schulter fällt in seinen Schoß und drückt schwer auf den Magen.

Der Raum ist stickig, er reißt den Mund auf, in der Suche nach Luft. Doch Atmen fällt schwer in fremdem Lebensraum und Atmen fiel schwer zuhause.

Etwas flackert im Fenster auf, blaues Licht vielleicht, ein Blinken womöglich, sein Körper ist es, der zuerst reagiert. Mechanisch, er kennt das Spiel, fühlt sich wie ein Fisch, der in ein Netz geraten ist. Nicht zappeln, das macht alles nur noch schlimmer. Schweiß füllt die Falten in seinem Gesicht, der Brustkorb zieht sich zu einer kleinen engen Kugel zusammen, metallisch schmeckt das Blut in seinem Mund. Der Darm, der sich entleeren muss, der Puls schlägt fest gegen die Innenfläche seines Unterarmes, gegen die Ader, die er vor ein paar Monaten fast -.

Bilder kratzen die Hirnwände entlang, das Gitter, das ihn damals von draußen trennte, die Toilette ein Haufen Erde in der Ecke, das trockene Brot, Tropfen von Wasser, die Schläge, schachbrettartig angeordnete rote Striemen, orthogonale Blutspuren, einmal die Möglichkeit, das Messer, aber dann ihre Augen. Ich komme nach.

Er schließt die Augen in Erwartung der Hand, die sich auf seine Schulter legt, den festen Griff, der ihn zum Aufstehen zwingt. Mitkommen, bitte.

Der Zug rollt weiter, als wäre nichts geschehen. Zwischen den Waggons wandert das Gerücht umher, sie hätten den Wal in dem See gelassen. Er schwimme dort nun.

Kathrin Thenhausen

Kathrin Thenhausen studiert Informatik in Potsdam. Fast immer ist sie mit Block und Stift unterwegs und sammelt Geschichten. Unter anderem Preisträgerin des Treffens junger Autoren 2021, des Signatur-Förderpreises 2022 und des Kurzgeschichtenwettbewerbs Zeilenlauf 2022.

Daniel Mylow

Und dann begann er zu sprechen

Sie kommen nicht mehr zurück. Vor ihnen treibt der Wind Papierfetzen über die Gleise. Der Nebel rückt über die Felder. Im Morgenlicht werden sie unsichtbar. Ich laufe durch die Straßen. Alles sinkt und fällt und gefriert und glänzt unter meinen Schritten. Im Carpe Diem setze ich mich an die große Fensterfront. Passanten hasten vorüber. Lustlos blättere ich im Darmstädter Echo. Auf dem Fenstersims lässt ein Schmetterling seine Flügel von Wind und Märzsonne durchleuchten. Ich erinnere mich, wie wir als Kinder Schmetterlinge gefangen, mit Äther betäubt und im Innern einer zerbrochenen Spielzeugpuppe versteckt hatten. Wir waren fest davon überzeugt, dass die Puppe eines Tages als Schmetterling davonfliegen würde.

Der Falter fliegt auf. Farhad sitzt plötzlich neben mir. Wir reichen uns schweigend die Hand. Er wirkt erleichtert ob meines Lächelns.

„Dann sind sie übermorgen in Syrien", sagt er leise.

„Ja", erwidere ich.

Farhad bestellt sich einen flämischen Kaffee. Es sei Dienstag und Dienstag trinke er immer einen flämischen Kaffee, beeilt er sich zu erklären. Für einen syrischen Geschäftsmann sieht er mit seinen blauen Augen und dem blassen Teint fast wie ein Nordeuropäer aus. Er spricht nicht viel. Mit leisen Worten dankt er mir, dass seine Tochter und sein Sohn die letzten beiden Wochen bei mir wohnen konnten.

„Schon gut. Mein Vater hat mir erzählt, was du für ihn damals in Damaskus getan hast. Einen mittellosen Ausländer, dem man gerade sein ganzes Gepäck gestohlen hat, einfach so aufzunehmen…"

"Das war gar nichts", winkt er ab.

Farhad trinkt den Kaffee in hastigen Zügen.

„Sie glauben an die Revolution", sagt er versonnen.

„Ja. Das tun sie. Und deshalb wollten sie zurück nach Syrien. Doch vorher wollten sie dich sehen. Ohne Visum. Ohne die Gewissheit, einfach so wieder über die Grenze zu kommen. Es ist eine verdammt gefährliche Reise."

Farhad nickt. Er legt mir eine Hand auf den Arm. Mit einem Lächeln auf dem Gesicht geht er. Ich sehe ihm nach. Er geht vorbei an der alten Bäckerei und an Gebäuden voll fremder Namen. Ich starre ihm nach, bis ich nicht mehr weiß, ob er noch da ist oder schon Geschichte. In diesem Augenblick gibt es niemanden, der ihm sagen kann, ob er seine Kinder je wieder sehen wird. Schneckengleich schwindet das Licht vor den Fenstern der Bibliothek.

Als die letzten Besucher gegangen sind, schließe ich ab. Nebel hängt zu Kristallen mutiert in den Bäumen. In meinem Zimmer zappe ich zwischen N-TV, BBC und N24. Es gibt kaum Nachrichten aus Syrien. Ein Krieg unter vielen. Ich lege mich schlafen. Seitdem ich in der Bibliothek arbeite, bin ich immerzu müde.

Die Doktorarbeit schiebe ich jetzt fünf Jahre vor mir her. Nur der Bibliotheksjob hält mich über Wasser. Mein Vater sagt mir, ich sei ein Versager. Oder zumindest ein großes Kind. Meine Mutter hat erfolgreich verdrängt, dass ich überhaupt existiere.

Mitten in der Nacht wache ich auf. Der Himmel über mir ist ein fenstergroßes Stück schwarzes Universum. Die Finsternis hat alles ausgebleicht. Mein Zimmer scheint ein Loch in der Zeit. Jemand starrt mich an. Erschrocken fahre ich auf. Es ist, als wäre ich in dieser Aufwärtsbewegung erstarrt. Irgendetwas muss passiert sein. Die Uhr hängt wie ein verwunschenes Fundstück an der Wand. Ihr Ticken ist verstummt.

Neben mir am Bettrand sitzt ein alter Mann. In dem spärlichen Licht sehen seine Augen aus wie gesponnenes Glas. Die hageren Gesichtszüge und das schulterlange graue Haar des Alten erinnern mich an meinen Großvater. Ich kenne ihn nur von Fotografien. Soweit ich mich erinnere, starb mein Großvater 1943 im Konzentrationslager Mittelbau Dora.

Der alte Mann wendet mir jetzt den Rücken zu. Mit tiefer, sonorer Stimme fängt er an zu sprechen. Der Alte redet. Er redet, wie man Bruchstücke von Erinnerungen aneinanderfügt, von Sekunde zu Sekunde. Und wenn er nicht weiter weiß in seiner Erzählung, erfindet er einfach einen Tag. Und einen anderen dazu. Er redet und hört nicht auf. In der Morgendämmerung scheint die Erde stillzustehen. Ich frage mich, ob der Alte noch da ist oder schon Geschichte. Ich sehe in den Spiegel. Für einen Augenblick habe ich das Gefühl, in einem Foto von mir aufgewacht zu sein.

Statt mich meiner Doktorarbeit zu widmen, gehe ich die Heidelberger Landstraße ein Stück hinunter. Vor dem Kaffeehaus Eberstadt bleibe ich stehen. Das Eberstadt ist das Café der Müßiggänger. So ein Ort, wo man mit einem Satz der Welt entrückt, wenn man einmal angefangen hat zu schreiben. Ich kann die Stimme des Alten nicht mehr hören, und doch ist sie da.

In den folgenden zwei Nächten ist es nicht anders. Der alte Mann sitzt an meinem Bett. Er redet. Er sieht mich nicht an. Morgens gehe ich ins Eberstadt. Zur Sichel gemagert steht der Mond am bleichen Himmel.

Er war so alt wie ich. Anfang Dreißig war er, als Hitler in Deutschland an die Macht kam. Keiner politischen Gruppierung angehörend, war er anfangs sprachlos über das was er mit ansehen musste. Über die Hälfte der Darmstädter wählten die NSDAP. Darmstadt wurde zu einer braunen Hochburg. Das Stadtviertel, in dem er aufgewachsen war, veränderte sich. Der Luisenplatz wurde in Adolf-Hitler-Platz umbenannt. Freunde verschwanden. Der überzeugte Junggeselle begann, seiner Wut und Empörung Worte zu geben. Zusammen mit seiner Schwester verfiel er auf die Idee, sogenannte Revolutionskärtchen zu entwerfen. Seine Schwester malte die Motive. Er versah die Karten mit Textzitaten von Büchner, über den er, was damals mehr als ungewöhnlich war, als junger Mann promoviert hatte.

Sie vervielfältigten die Karten, deren Aufmachung sie Monat für Monat neu gestalteten. Auch als Deutschland 1939 Polen überfiel, ließen sie sich nicht beirren. Sie glaubten an die Revolution, und hätte es auch zehntausend Jahre gedauert.

Jede Woche wählten sie ein anderes Viertel, manchmal eine andere Stadt, um die Karten in Briefkästen, Hausfluren, auf Kirchenbänken, Parkbänken und in Wartehäuschen zu verteilen. Dass sie nicht entdeckt wurden, erschien ihnen wie ein Gebot, niemals aufzuhören. Sie empfanden beide keine Furcht. Nicht einmal die eigene Familie wusste von ihrem Tun. Der Alte erzählte, wie er seiner Schwester aus Dantons Tod, aus Büchners Briefen und Jugendschriften vorgelesen hatte. Noch während er las, fertigte sie die Zeichnung an, die das Konterfei der Postkarte schmücken würde. Nächtelang vervielfältigten sie alles in Handarbeit. Manchmal beobachteten sie die Menschen, die eine Revolutionskarte gefunden hatten. Auch wenn fast alle das kleine Stück Papier rasch wieder verschwinden ließen, hinterließ dieser Moment doch ein Gefühl des Glücks in ihnen. In diesen Augenblicken, dachten sie, waren sie mehr als nur „Schaum auf der Welle". Ihre Größe war mehr als „purer Zufall".

Der Alte schilderte jeden dieser Streifzüge, die sie meist im Schutz der Dunkelheit unternahmen oder auf den Wegen zu ihrer Arbeit, als Teil einer unablässigen, nie vergehenden Gegenwart. Und doch hörte er niemals auf zu sprechen, als wäre er in einem Kokon gefangen und jede Minute zu klein und zu eng, als dass man in ihr verharren könnte.

Ende 1942 wurde seine Schwester verhaftet. Eine Frau hatte sie beobachtet, als sie ihre Postkarten vor dem Landgerichtsgefängnis, einer Haft- und Folterstätte der Gestapo, auf den Parkbänken liegen ließ. Schreiend war die Frau zu einer Gruppe von SA-Männern gelaufen, die rauchend an der Ecke standen. Marie, zum ersten Mal nannte er sie beim Namen, wurde verhört. Sie wurde geschlagen. Sie wurde gefoltert. Marie war nicht schwach. Aber als ihre Familie in Sippenhaft kam, gab sie die Mittäterschaft ihres Bruders preis. Er war nach ihrer Verhaftung geflohen. Man verhörte ihn. Marie sah er nie wieder. Sie wurde im Januar 1943 in der Kaiserstraße 31 im Innenhof der dortigen Gestapo-Folterstätte erschossen. Warum man ihn nicht auch hinrichtete, sondern nach Dora brachte, sollte er niemals erfahren.

In der letzten Nacht hatte der alte Mann schweigend an meinem Bett gesessen. Ich hielt mein Gesicht ins Helle, bis es schmerzte. Als ich den Kopf wendete, war es, als ob sich ein Vorhang beiseiteschöbe. Es war nicht dunkel dort und nicht hell. Der alte Mann war verschwunden.

Farhads Kinder schicken mir eine Nachricht auf mein Handy: Sind in Aleppo angekommen. Büchner auch. Danke. Ich drehe meinen Bleistift in den Händen. Der zerschlissene Band „Büchner. Werke und Briefe" stammte aus dem Besitz meines Großvaters. Ich hatte ihn den beiden zum Abschied geschenkt.

Ich sehe auf. Der Himmel vor dem Café gleicht einem Passepartout aus Regenwolken. Ich habe geträumt, dass ich geträumt habe. Und auf einmal ist es kein Traum mehr.

Noch zwei Stunden bis zum Dienst. Vielleicht sollte ich am nächsten Wochenende meinen Vater in Hamburg besuchen. Wir haben uns nicht viel zu sagen. Vielleicht freut es ihn, wenn ich ihn nach Großvater frage. Vielleicht lacht er mich aus. Solange ich nicht die Sprache auf meine Lebensverhältnisse bringe, ist es erträglich.

Ich sehe auf die Heidelberger Landstraße. Alles was ich sehe, scheint nach einer bloßen Mechanik zu funktionieren, die man nur aufziehen muss. Die Passanten hasten vorwärts, einem unbekannten Ziel zu. Ein Bus mit Kindern fährt vorüber, die Hände und

Gesichter glatt und weiß an die Scheiben gepresst. Der Strom der Autos kommt zum Stillstand und setzt sich wieder in Bewegung. Wenn ich länger so dasitze und alles beobachte, denke ich, es müsste etwas passieren. So wie ich als Kind daran geglaubt hatte, dass die Puppe sich eines Tages in einen Schmetterling verwandeln würde. Aber es passiert nie etwas.

Ich verlasse das Café. Ziellos laufe ich durch die Straßen. Vor einem Geschäft stehen ausgemusterte Schaufensterpuppen. Nackt und vom Wind durchleuchtet scheinen sie zu allem bereit. Neben mir hält plötzlich der Bus zum Hauptbahnhof. Ohne zu überlegen, steige ich ein. Auf meinem Handy wählen meine Fingerspitzen eine Nummer an. Ich muss lange auf das Freizeichen warten.

„Vater?"

Daniel Mylow

Daniel Mylow. Jahrgang 1964. Studium in Bonn und Marburg. Ausbildung in Kassel. Oberstufenlehrer in Hof und Wernstein, Marburg, Mainz. Poesiepädagoge und Dozent für Literatur. Letzte Publikation: Rotes Moor (Poetischer Thriller), Cocon Verlag Hanau 2017. Greisenkind. net-Verlag. Zahlreiche Publikationen von Lyrik und Kurzprosa in Anthologien und Literaturzeitschriften. Diverse Auszeichnungen, zuletzt 2021 Lore Perls Literaturpreis (Verleihung 2022) und Bonner Literaturpreis. Kempener Literaturpreis 2017, Preis der Sparkassenstiftung Groß Gerau 2017, Merck-Stipendiat der Stadt Darmstadt 2018.

Magdalena Wede

Trümmerflug

„Lächle", hat Nissa gesagt. „Lächle doch, es ist vorbei."

Aber ich kann nicht lächeln. Nissa hat mit den Schultern gezuckt, ihr Kopftuch festgebunden und ist ausgestiegen. Wie sollte ich lächeln können, es ist nicht vorbei. Ich habe alles verloren und Nissa ist in einen anderen Bus gestiegen. Sie saß zehn Stunden neben mir, wir haben nicht viel geredet, worüber auch. Ich will nicht wissen, was sie erlebt hat. Sie saß nur immer da und hielt ihr Handy fest und hörte Musik.

Mein Handy ist weg. Ich hätte es mehr suchen müssen, tiefer graben in dem Heuhaufen. Es musste unter meinem rechten Knie liegen, ich griff und griff, aber da war nichts Festes. Das Heu raschelte und knisterte, als ich herumtastete, mit geschlossenen Augen, fast am Ersticken. Vielleicht war es auch das Feuer, das knisterte, als es sich näher fraß. Wie ein gelbes, geiferndes, wütendes Tier mit vielen Mäulern, Zähnen und Zungen. Gierig, hungrig, auf der Suche. Und drinnen im Haus nichts als Stille. Stille zum Ersticken, lähmende Stille, nach all den Schreien.

Ich habe nichts mehr. Keinen Koffer, keine Decke, keine Schuhe. Hinter der Grenze haben sie mich mit Kleidung versorgt, und mit einer Telefonkarte. Aber ich habe kein Handy dafür.

„Lauf", hatte Sascha geschrien, und mir die Decke weggerissen. „Lauf weg!"

Ich lief, bevor ich richtig wach war. Ergriff noch schnell mein Handy und rannte barfuß hinaus, so wie ich war. Zum Heuhaufen, kein Platz sonst versprach Schutz. Ich verkroch mich darin, witterte, zitterte, horchte blind. Der Duft von Sommer und Ernte umgab mich, noch gestern tief befriedigend und Sicherheit versprechend für einen langen Winter. Heute eine Sicherheit für Minuten, vielleicht nur Sekunden. Türen splitterten, Glas zerbrach, schwere Schritte und bellende Rufe durchpflügten die wartende Stille. Ich grub mich tiefer. Zum Ersticken tief. Dann der Protest, das erschrockene Stammeln, das Flehen. Schreie, wahnsinnig vor Angst. Und das Gebrüll entsetzlicher Schmerzen. Ich hatte Sascha noch nie schreien gehört. Und schließlich das Prasseln, Fauchen, Tosen des Feuers, das alles erstickte.

Wenn ich nur mein Handy hätte. Ich könnte Musik hören und müsste mich nicht an die Schreie erinnern. Aber ich bin weg, als das Knattern der letzten Gewehrsalve triumphierend sich an den Wänden brach. Ein Heuhaufen, und sei er höher als das Haus, ist kein Schutz gegen Kugeln, und erst recht nicht gegen Feuer. Ich tastete vergebens nach dem Handy, es war mir aus der Hand gerutscht, musste direkt neben meinem Knie sein, aber da war es nicht. Ich wühlte im Heu, schnell, blind und am Ersticken. Es raschelte, um mich herum der Duft vom Sommer. Vergebens.

Der Bus ist alt und die Straße schlecht, voller Schlaglöcher. Ich fahre durch einsames, müdes, verwundetes Land, und es ist, als flöge ich auf dem Schall der Schreie und Schüsse, des prasselnden Feuers davon. Ach Sascha, du hast geschrien: „Lauf weg", und mich aus dem Bett gestoßen, und später hast du geschrien, als gäbe es noch eine Rettung, weit, weit weg. Und ich war am Ersticken im Heuhaufen, ganz in deiner Nähe. Dann haben sie geschossen, und du warst plötzlich still, und nur die Hühner gackerten wie wild. Sie haben sie auch erschossen und dann war Ruhe. Bevor sie Feuer legten, haben sie unsere Sachen mitgenommen. Sie nehmen immer alles mit. Unseren Koffer. Unsere Dokumente. Unsere Decke. Ich hatte ja Zeit genug gehabt, sorgfältig zu packen. Alles weg.

Die Fenster des Busses haben Vorhänge. Man hat uns gesagt: „Haltet sie geschlossen, bis wir an der Grenze sind." Ich habe sie auch jenseits der Grenze nicht geöffnet. Der Stoff ist verschlissen, hat Brandlöcher. Wie von glimmenden Zigarettenstummeln, die man auch auf menschlicher Haut ausdrücken kann. Das Fenster des Bauernhauses stand auf, ich habe die Schläge gehört, die Befehle, das dumpfe und das klatschende Geräusch der verschiedenen Gegenstände auf seiner nackten Haut, das beifällige Johlen. Und dann die entsetzliche Stille vor plötzlich einsetzendem, markerschütternden Schreien, hemmungslos und laut aus einem sich windenden Körper, brüllend, vor Qual, verrückt werdend vor Schmerz, hell und hoch, wie ein Schwein, das man absticht. Es kam und ging, ebbte ab in Wimmern, setzte wieder ein. Ach Sascha. Dein Schreien brach ab, als der erste Schuss knallte. Ich höre es noch, es hallt nach, es treibt mich weg. Was haben sie mit dir gemacht, Sascha? Dich gequält, durchbohrt, zerfetzt, in einen menschlichen Trümmerhaufen verwandelt? Sie tun so etwas. Man erzählt sich viel.

Die Vorhänge sind verschlissen und olivbraun, wie ein sommermüdes Land, bevor der Winter kommt. Die Abendsonne schießt durch die Brandlöcher, trifft mein Gesicht und brennt in meinen Augen. Die Vorhänge schwingen in den Kurven hin und her. Wie die zerfetzten Tapeten im Haus des Nachbarn, in dem leichten Windzug nach dem Angriff schaukelt er. Als die Wände weggebrochen waren und der Staub sich legte. Es war ein Schlafzimmer, man sah noch das Bett. Von den Bäumen gefegte Blätter wirbelten allmählich zu Boden. Drähte, Kabel, Armierungen, halb abgerissene Tapeten hingen aus den zerfetzten Mauern heraus und schwangen nach. Als sei alles Leben, das es noch gab, in sie hineingeschlüpft, für ein paar letzte Sekunden. Ich sah die Trümmer in alle Richtungen wegstieben, als flöhen sie entsetzt, und die Stille danach war endlos. Geborstene Mauern, wirbelnde Blätter, schaukelnde Tapetenfetzen, lautlos. Es hat nicht gebrannt dort, es war erstickend, unwirklich still. Aber das Bauernhaus tags drauf hat gebrannt, lichterloh, laut krachend, tosend, mit Gebrüll. Die Soldaten hatten Feuer gelegt, bevor sie fortfuhren. Sie nahmen unsere Sachen mit, legten Feuer und schossen grölend eine letzte Salve in den Himmel. Als der Motor ihres Wagens aufheulte, roch es schon nach brennendem Holz. Feuer ist ein gefräßiges Tier mit vielen Mäulern und schnellen Beinen und Sascha blieb in seinen Klauen gefangen. Er wird kein Grab haben, keiner wird es besuchen und niemand wird es je mit Blumen schmücken. Er wird einer der unzähligen gefallenen Körper sein, geschändet, verkohlt, verlassen. Ach Sascha, Geliebter ...

Draußen auf den Feldern brennen Kartoffelfeuer. Der Geruch wird bald schwinden, wir fahren schnell. Das Feuer war auch schnell. Sein gewaltiger Kopf schob sich aus dem Dach des Bauernhauses und streckte sich zum Heuhaufen hin, bereit, auch ihn zu verschlingen. Es kam auf seinen schnellen Beinen näher, leckte schon heran über das trockene Gras, witterte mich und sprang auf mich zu. Ich wühlte mich aus dem Heuhaufen frei und rannte fort übers Feld. Mein Handy ließ ich zurück. Meinen Koffer ließ ich zurück. Sascha ließ ich zurück.

Wir hatten es befürchtet. Aber nicht an diesem Ort. Wir waren vorbereitet, haben die Stadt verlassen, als wir in das Schlafzimmer des Nachbarn sehen konnten. Wir haben eingepackt, was nötig war, dann sind wir fort. Das Auto war voll, und wir hatten Angst, obwohl die Straße einsam war, die Gegend still und leer. Wir kamen nicht weit. Als wir an dem Birkenwäldchen vorbei waren, eröffneten sie das Feuer. Wir rissen die Türen auf und ließen uns auf den Boden fallen. Unter mir war Gras, unschuldiges, grünes Gras am Straßenrand und der Duft von guter Erde. Reglos blieben wir liegen und hofften noch, zitternd. Dann war es wieder still. Aber es war nicht vorbei. Es roch nach verbranntem Metall und geschmolzenem Gummi. Es roch immer stärker, und es begann zu knistern. Sascha wagte es, vorsichtig den Kopf zu heben, und riss dann, als alles ruhig blieb, als keine Schüsse mehr kamen, einen Koffer vom Rücksitz. Dann noch eine Decke. Für mehr war nicht Zeit. Das gelbe Tier hockte im Kofferraum und stieß schwarzen Qualm aus. Es hatte uns erspäht und es verfolgte uns weiter, als wir glaubten, in Sicherheit zu sein. Die Soldaten brachten es mit und ließen es im Bauernhaus frei. Nachdem das Schreien verstummt war, und das Gackern, und die Schüsse.

Ich rannte über das Feld, zu dem verlassenen Gehöft, neben mir Sascha mit Koffer und Decke. Und am nächsten Morgen bin ich über ein anderes Feld gerannt, von dem Heuhaufen weg, dem das gelbe Tier sich gierig und fauchend näherte. Ich habe Sascha zurückgelassen, den das Tier in Windeseile verschlang. Er wird kein Grab haben und ich werde ihm nie wieder nahe sein, außer in meinen Träumen. Schreckliche, feuergelbe Träume. Alles hab ich zurückgelassen, und bin weg, weg, weg. Ich habe nicht geschrien. Ich bin wie erstickt. Was haben diese Tiere ihm angetan? Ich will nicht an seinen verkohlten Leichnam denken, mir nicht vorstellen, wie er die Hände flehentlich emporreckt, die Finger krümmt, unkenntlich, schwarz. Ich will es nicht, aber die Bilder sind in mir.

Ich habe Sascha zurückgelassen. Ich habe mein Handy zurückgelassen, und alles andere. Ich hatte keine Wahl. Da ist nichts mehr. Nur der Bus und der Vorhang und der Sonnenuntergang. Man sollte meinen, es reist sich unbeschwert ohne Gepäck. Aber alles Schwere trage ich in mir: Fauchendes Tosen, tierisches Gebrüll, zersplitterte Balken, geborstene Mauern und verkohlte Reste von dem, was einmal Leben war.

Nissa ist beim letzten Halt ausgestiegen. Aber ich bin nicht allein. Das gelbe Tier ist da. Es brennt in meiner Brust, als säße es in mir und fräße mich inwendig auf. Ich verwandle mich in schwarze Kohle, und wo noch nicht Schwärze ist, nisten entsetzliche Bilder. Ich habe Sascha zurückgelassen, und Nissa ist an der Grenze in einen anderen Bus umgestiegen. Ich soll lächeln, es sei vorbei, hat sie gesagt. Aber es ist nicht vorbei. Ich soll nach vorne schauen, hat sie gesagt, aber auch da vorne brennt der Himmel. Die Sonne geht unter, ich kann nicht hinsehen. Ich kann nur zurückschauen, auf Bilder und Splitter von Bildern, die in meinem Kopf stecken.

Sascha, der Heuhaufen, die Hühner, das Auto, zerfetzte Tapeten, versprengte Trümmer. Das gelbe Tier und die anderen Tiere. Vor mir ist Feuer, hinter mir ist Feuer. Wie soll ich lächeln, wenn ich nicht einmal schreien kann? Ich möchte nur noch in diese endlose Stille fallen können.

Magdalena Wede

Magdalena Wede, 1962 in Karlsruhe geboren, arbeitete nach einem breit gefächerten Studium der Geisteswissenschaften an verschiedenen Opernhäusern, als Lektorin, u.a. für den Bertelsmann Verlag, und schrieb Musiksendungen für den BR. 2019 erschien ein Band mit Erzählungen unter dem Titel ,Wunsch und Wandlung', 2022 der Roman ,Und Odysseus kommt nicht'. https://www.magdalenawede.com/

Wodan Winter

Hopetown

„Wie haben dort die Blumen gerochen, Papa?"

Aaliyah schaute mich mit ihren großen, dunkelbraunen Augen an, die mich an ihre Mutter erinnerten. Genauso hatte auch sie mich damals angesehen, als sie wissen wollte, was ich denn beruflich mache. Ich gebe zu, es hatte mich mit einem gewissen Stolz erfüllt, mit den Worten antworten zu können:

„Senior Migration Manager in der Raumfahrt."

Wie die Zeit verfliegt. Buchstäblich verfliegt. Vor elf Jahren, wenige Wochen nach der Geburt unserer Tochter Aaliyah, begann schrittweise die große Migration, die heute in ihrem Schulgeschichtsbuch als bedeutendster Wendepunkt der Menschheitsgeschichte beschrieben wird. Ist es nicht faszinierend, dass es mir jeden Tag so vorkommt, als wäre es gestern gewesen?

Jeden Morgen aufs Neue. Vorerst war die Umsiedlung nach Hopetown, der ersten Kolonie auf dem Mars, noch eine Option gewesen. Später stellte sie sich als unumgängliche Notwendigkeit heraus. Noch heute sprechen sie von den sogenannten letzten Jahren.

Eine Zeit, in der die Satiremagazine der Erde in ihren vor Zynismus triefenden Schriften von den beunruhigenden Teppichen aus Wasser in den Plastikmeeren berichteten. Die Wälder trugen Kronen aus Flammen und aus grün wurde rot wurde schwarz. Es vergeht kaum eine Nacht, in der meine Träume nicht von diesen unerbittlichen Fluten überschwemmt werden, die der Grund sind, dass meine Tochter heute ohne ihren Großvater Izaak aufwachsen muss. Er vermochte es, bewegte und bewegende Bilder mit seiner ruhigen Sprache zu formen und hätte ihr freudig von früher erzählt. Dem Früher vor meinem Früher.

Diese nicht enden wollenden Fluten. Wie ineinander schachtelbare Matroschka-Puppen wurden die kleineren von den immer und immer größeren überschüttet. Die Besitzlosen in den Tälern wurden verschlungen. Die Besitzenden waren vorbereitet. Das lebensrettende Schiff der Neuzeit, die Ark Noah Limited, war zum meistgekauften Produkt der Oberschicht geworden. Die einen gingen zu Grunde, während die anderen sich an der Oberfläche hielten.

Und dann folgte die große Migration; die erste und augenscheinlich letzte interplanetarische Umsiedlung des menschlichen Volkes. Etwas über dreihunderttausend Seelen konnten zu jener Zeit erfolgreich zum neuen Mutterplaneten migriert werden. Mehr ließen die Kapazitäten nicht zu. So hieß es jedenfalls. Die einstige Geborgenheit, wie von einer verständnislosen Stiefmutter verbannt. Nicht selten wünsche ich mir, ich könnte so etwas wie einen Hauch von Dankbarkeit empfinden. Dankbarkeit jenem System gegenüber, welches unsere kleine Familie als wichtig genug erachtet hatte, ein Teil der privilegierten Minderheit sein zu dürfen.

Doch was wäre ich für ein Mensch? Mit welch einem Bild von mir selbst müsste ich mein Dasein fristen? Kendric Davis, der ach so talentierte Ingenieur und die Seinen wurden gnädiger- weise als zukunftsbedeutend kategorisiert und dürfen daher leben.

Der alte Mann mit dem größten Herzen im Dorf bei Nafun im Oman, er nicht. Er gilt nicht als zukunftsbedeutend. Er darf nicht leben.

Das kleine Mädchen, mit Träumen so groß wie der größte Baum von Taşkomur in Kirgistan. Sie darf nicht leben. Sie darf nicht leben, denn sie ist nicht zukunftsbedeutend. Zu dieser Schlussfolgerung kam das All-Wise Oracle.

Künstliche Intelligenz hatten die Menschen ihren technologischen Vorgänger damals genannt. Das Wort, welches zu beschreiben vermag, wie sehr ich sie verachte, muss sich wohl verirrt haben auf seinem Weg in unseren Wortschatz. Auffinden kann ich es nicht. Es ist kalt in Hopetown. Die schluchzenden Geister der Hinterbliebenen geben mir keine Ruhe. So etwas Unschuldiges und Schönes, wie Blumen es für uns waren, wächst hier nicht.

„Papa, hörst du mir eigentlich zu?", fragte sie. Diesmal etwas energischer.

„Erinnerst du dich denn an ihren Geruch?"

Ich liebte sie für ihren unbeschwerten Wissensdurst. Ihn zu stillen, war mir immer schon eine Herzensangelegenheit gewesen. Diesmal jedoch konfrontierte er mich mit einer Wahrheit, der ich lange keine Beachtung geschenkt hatte: Ich habe nahezu alles vergessen nach all den Jahren im Sternenexil. All die vielen Dinge, die meine Sinne beseelt hatten, bevor unsere alte Heimat für immer ihr schönes Gesicht verlor. Das süße Wasser der Seen und das treibende Salz der Meere. Wie sie wirklich schmeckten, weiß ich nicht mehr. Die raue Rinde der Birken im Birkenhain. Wie fühlte sie sich an? Gab sie meinen glatten Händen Halt? Ich möchte es so gern, doch an den Duft der Erdenblumen kann ich mich beim besten Willen nicht erinnern. Jedenfalls nicht an jenen, den wir so geliebt hatten, bevor die Fluten und Trümmer und Seuchen den Krieg beendeten, den wir vor vielen Jahren gegen unser aller Mutter begannen.

Ich erinnere mich lediglich an den Gestank von verwelkten Rosen, ertrunkenen Nelken und leblosen Narzissen. Sie wuchsen und starben auf den unzähligen Bergen von verlassenen Körpern, die einst unseren Freunden, Familien und Nachbarn gehörten.

Aaliyah kannte nur Hopetown. Etwas anderes hatte sie nie erfahren und sie wird es auch nicht. Und vermutlich ist das auch gut so. Einen Augenblick und einen weiteren dachte ich nach. Ihre großen, lieben Augen erschienen mir wie ein Wermutstropfen an diesem frostigen Ort.

„Hoffnung", sagte ich schließlich.

„Sie dufteten nach Hoffnung."

Wodan Winter

Wodan Winter. Jahrgang 1991, lebte in Berlin, Kenia, Jamaika und Frankfurt an der Oder, wo er ein Wirtschaftsstudium absolvierte. Aktuell lebt er in Irland.

Das Schreiben begleitet ihn, seit er schreiben kann, und er liebt das Spiel mit den Worten.

Nica Esch

Watan

Jeder Blick zurück ist unerfüllte Sehnsucht, aber die Erinnerung ist Leben – für den Moment und darüber hinaus. Watan heißt Heimat und jas ist die Pflanze, die wenige Monate im Jahr auf den Dächern und an den Fassaden der Häuser blüht. Safran, Ingwer und Curry sind Gewürze, aber jas ist Parfum. Oft schlägt sie es auf, das Buch mit den Landschaftsbildern ihrer Heimat. Zwischen Seite dreißig und einunddreißig duftet jas seit vielen Jahren, seit sie damals nach Deutschland kam. Zu schnell ist das Leben hier, zu pünktlich die Züge und zu sauer die Weintrauben. Auch heute noch. Manchmal scheint Zeit keine Rolle zu spielen. Die Erinnerung bewahrt Vergangenes. In ihr findet Mandana, was ihr hier fehlt: ihr Dort, das sie zurücklassen musste mit seinen Farben, Gerüchen, Gefühlen, und dann ist heute gestern und sie weiß, dass auch morgen gestern sein kann. Aber sie weiß auch, dass auf Erinnerungen kein Verlass ist, schon gar nicht auf in die Jahre gekommene; sie lassen weg, fügen hinzu, sie sind flüchtig. Trotzdem: Sie vertraut ihren Erinnerungen und nimmt sie so, wie sie sind; sie hat keine anderen.

Als sie in Berlin ankommt, arbeitet sie oft im Restaurant ihres Bruders Kian und seiner Familie und sie nickt, wenn er fragt, choschbachtie, bist du glücklich. Aber Mandana weiß nicht, ob sie glücklich ist, und in vielen folgenden Monaten fragt sie sich wieder und wieder, wo sie jetzt gerne wäre. Dort oder hier? Watan ist dort, denn watan ist Heimat. Aber asadie ist hier, denn asadie heißt Freiheit. Im Restaurant vergisst sie oft zu vermissen, denn in der Küche wird das Essen ihrer Heimat gekocht und die Sprache ihrer Mutter gesprochen. Außerdem sind ihr Bruder Kian und ihre Schwägerin Farnusch hier, Manijeh, ihre Nichte, und Amon, ihr Neffe. Schon seit ein paar Jahren leben sie in Berlin, und Mandana wohnt jetzt bei ihnen.

Gohardasht heißt Perlenwiese. Ein Haus für zehn Personen; die Schwestern Roja, Farnas und Mandana teilen sich ein Zimmer und die Brüder Damoon, Morteza, Ramin und Kian. Der Besuch kommt unangemeldet, er ist immer eingeladen. Ihre Mutter stellt eine Schale mit Obst auf den Teppich. Sie gießt Wasser in den Samowar. Die Familie und der Besuch trinken tschaie sija, schwarzen Tee, sie essen, reden, lachen. Ihre Großmutter raucht Wasserpfeife. Roja singt ihr Lied, ei lalehaye sahraje naschkofte cherayi, wilde Tulpen, warum blüht ihr nicht. Es ist warm; ihr Vater und der Nachbar Hamid stellen Stühle vor das Haus und den kleinen Holztisch. Sie spielen Schach, dann Backgammon. In den Straßen und Gassen ist Leben, es pulsiert. Jas rankt gelb- und weißblühend auf den Dächern und an den Fassaden, und der Duft liegt über den Häusern.

Die Sommer sind heiß. Die Winter sind kalt, trotzdem friert man nie, denkt Mandana. Eine glückliche Zeit, fühlt sie. Aber in der Vergangenheit zurückgelassen, weiß sie.

Ihre Großmutter ist vor langer Zeit gestorben. Es sind ihre Hände, die Mandana wieder und wieder spürt und sieht. Hände, die sanft über ihre Wangen streicheln, liebende Hände, fürsorgliche Hände, betende Hände, alternde Hände mit Adern, die sich unter der Haut wölben, verdickte Flüsse, als fließe Sirup durch sie hindurch, braune Flecken sprenkeln krause Rücken.

Auch ihr Vater und ihre Mutter sind zurückgeblieben, nacheinander von einem auf das andere Jahr gestorben. Es ist dieses Dort, das sie hier vermisst. Riesche heißt Wurzel, und samine haselchies heißt fruchtbarer Boden. Mandanas Wurzeln liegen in der Erde von Gohardasht. Kein Mensch vergisst, woher er kommt, wenn er geht, ist sie überzeugt.

Kian und seine Familie ziehen fort, weil sie es wollen. Bei den Geschwistern ist es anders; sie verlassen ein paar Jahre später ihr Zuhause, weil sie es müssen.

Der Unterschied damals ist gering: Damoon kann fliehen, die Geschwister müssen gehen. Sie demonstrieren gegen Einschränkungen und Verbote. Damoon spricht sich öffentlich für Demokratie aus. Die Geschwister auch, aber nicht so laut. Damoon ist Lehrer, er wird verhaftet, vor seinen Schülern. Im Gefängnis wirft er dieses Glas auf den Boden, schluckt Scherben, zwei oder drei. Das Risiko nimmt er in Kauf; die Freiheit – welche es auch sein mag – steht über allem. Sein Magen blutet, und weil die Ärzte im Krankenhaus sagen, der Tod stände neben ihm, bleibt er unbewacht. Er kann fliehen, das Land verlassen. Glück hat er, und er kennt sich aus – Menschen, Landschaft, alles ist vertraut. Für die Geschwister bedeutet es, ihr Zuhause aufgeben zu müssen, weil ihr Leben jetzt überschattet ist und asadie zu sterben droht. Aber Damoon lebt und lässt hoffen auf das, was in ihrer Zukunft liegt. Sie verlassen das Land nacheinander und über Wochen. Mandana und Farnas gehen zuletzt. Sie lassen alles zurück, alles, außer ihre Erinnerungen, wenige Fotos und ein paar Blüten: jas, gepresst zwischen zwei Seiten eines schmalen Buches, gepflückt von einer Fassade. Sechsundzwanzig Jahre, flüstert Mandana und lässt sie los, als Farnas und sie in den Bus von Gohardasht nach Täbris steigen. Sie denkt daran, dass ihre Familie und sie oft in das nahegelegene Teheran gefahren sind, doch nun sind Farnas und sie in die entgegengesetzte Richtung unterwegs. Am nächsten Tag setzen sie ihre Reise bis nach Istanbul fort; vier Wochen Aufenthalt in einem Hotel, Kontakte knüpfen, organisieren. Endlich geht es weiter nach Sofia, ein paar Stunden Pause, dann fahren sie bis Belgrad, bisher immer mit dem Bus, jetzt nehmen sie den Zug nach Ljubljana. Der Schlepper wartet bereits. Er verlangt viel Geld und Barzahlung. Weiterfahrt mit dem Wohnmobil über die Grenze nach Österreich, versteckt unter dem Bett, weil die Schwestern keine Visa besitzen. Schwere Atemzüge, Druck umklammert den Brustkorb, hält das Leben im Körper zurück. Der Herzschlag hämmert in den Schläfen, schnell, schneller, am schnellsten. Stundenlang. Kein Zeitgefühl mehr. Erst in Wien aufatmen für den Moment. Aber dann noch einmal verstecken, an der Grenze zu Deutschland. Endlich in München. Endstation.

Damoon und Morteza leben heute in Oslo. Ramin ist mit Hannecke verheiratet und Roja mit Wim, in Amsterdam wohnen sie. Farnas ist in München geblieben. Und Mandana? Zwei Tage nach ihrer Ankunft ist sie nach Berlin gefahren, zu ihrem Bruder Kian und seiner Familie. Sie denkt oft an ihre Geschwister. Nur räumlich gehören sie nicht mehr zusammen – gemeinsam sind sie nicht mehr dort, auch hier nicht, aber sie sind immer noch da.

Im Acht-Uhr-Vierzig-Zug von Hamburg nach Berlin lernen sich Mandana und Erik kennen. Er sitzt ihr vis-à-vis. Seine Anziehungskraft, die sie in seiner Art außergewöhnlich und rar empfindet, erklärt ihr die Bedeutung von Exotik. Dieses Land ist fremd, und Erik ist fremdländisch – blonde Haare und blaue Augen gibt es in der Heimat nicht. Ich liebe dich klingt so hart, denkt sie, als wolle ich ihn umbringen. Dustet daram klingt weicher, aber er versteht es nicht. Sie verständigen sich in dritter Sprache, in Englisch, aber Mandana lernt schnell die Sprache, die zu Erik gehört und er bemüht sich, ihre Sprache zu verstehen und zu sprechen.

Die Hochzeit wird im Restaurant ihres Bruders Kian und seiner Familie gefeiert. Mandana und Erik tanzen mit ihren Familien, Freunden und Nachbarn bis zum frühen Morgen ihre und seine Tänze zu ihrer und zu seiner Musik, und sie essen Speisen aus ihrer und aus seiner Heimat. Die Freunde und Nachbarn aus Gohardasht jedoch fehlen. Aber die Geschwister sind hier – wie damals dort – für einen Moment wieder vereint, und Mandana spürt asadie und vergisst watan und Gohardasht und jas.

Das Mädchen heißt Parisa, sie wird Neujahr geboren, am 21. März. Mandana überlegt, dass März in Parisas Heimat Januar ist, denn Neujahr ist im ersten Monat, wenn alles schläft und ruht. Frühlingsanfang ist im dritten Monat und in Mandanas Heimat

Neujahr, wenn alles aus dem Schlaf erwacht und zu blühen beginnt. Parisa ist ihr Kind, aber Mandanas Heimat ist nicht ihre Heimat. Sie wurde in Berlin geboren, aber ihr Vorname nicht, und Mandana wird ihr noch etwas aus ihrer Heimat schenken: ihre Sprache. Außerdem ist ihr Glaube frei; ihre Entscheidung, irgendwann, weil Glaube Heimat sein kann und Heimat Freiheit sein muss, ist Mandana überzeugt. Sie sieht Erik und sich: Christ und Muslimin – eine glückliche Verbindung, weil es Liebe ist, auch deshalb soll ihre Tochter die Wahl haben: für, gegen, weder noch.

Aber: Das Schmerzliche ist die Gleichzeitigkeit. Der Gedanke an watan ist irgendwann zurückgekehrt. Gohardasht lebt weiter – ohne sie, die Freunde und Nachbarn von einst lachen und weinen – ohne sie, und jas blüht – ohne sie. Sie lebt anderswo, aber zur selben Zeit. Behutsam schlägt sie die Seiten dreißig und einunddreißig des Buches auf, jas ist seit Jahren verblüht, kraus in sich zusammengefallen, aber sie riecht den Duft immer noch. Nicht jedes Ende und nicht jeder Anfang sind schwer, aber dieses Ende und dieser Anfang sind es gewesen, doch jetzt ist es gut, und ein Zurück gibt es sowieso nicht; sie gehört zu Erik und Parisa. Und: Ihr Bruder Kian und seine Familie leben im Haus nebenan, ihre Geschwister und ihre Familien in Europa. Außerdem bleibt dort und hier in Erinnerung, was geschehen ist; es wird nur vielleicht irgendwann in Vergessenheit geraten können. Trotzdem stellt sie sich oft vor, wie es ist, mit Erik und Parisa nach Gohardasht zu reisen, obwohl sie ahnt, weiß, dass sie dort vieles nicht mehr finden wird und ihnen zeigen kann, was und wie sie es gesehen hat.

Zu dritt ist es der erste Urlaub: Sri Lanka. Das Flugzeug lässt schon bald den Kontinent hinter sich, fliegt über die Türkei, den Iran, über Pakistan und über Indien. Als es das Gebirge ihrer Heimat überfliegt, fotografiert Mandana es aus einer Höhe von zehntausend Metern. Zwölf Bilder klebt sie später in das Album und darunter schreibt sie: chuneam, ich bin zu Hause.

Manchmal denkt sie daran, dass Kian sie vor vielen Jahren hin und wieder fragte, ob sie glücklich sei. Heute weiß sie es. Sie ist glücklich, denn asadie bedeutet Leben. Aber watan ist die Kraft ihres Herzens.

Nica Esch

Nica Esch/Nicole Schnetzke, Jahrgang 1969, studierte Kulturwissenschaften. Sie erhielt zahlreiche Auszeichnungen und Literaturpreise für Prosa und Lyrik: u.a. den Maison Delacre und den Hattinger Förderpreis. Publikationen Prosa und Lyrik in 48 Anthologien: in Fischer Taschenbuch, Bastei Lübbe; in Literaturzeitschriften sowie Zeitschriften (u.a. Für Sie). Ausstellungen – Texte zur Bildenden Kunst, Teilnahme am Kunstflecken Neumünster.

Albertine Lukilian

Warten auf Nachricht

Amir starrt auf die Bilder auf seinem Handy. Facebook. Twitter. Instagram. WhatsApp.

Seit Tagen sitzt er in seinem Wohnheimzimmer und ruft ein Video nach dem anderen auf.

Schutt. Asche. Schreie. Verzweiflung.

Er sucht nach bekannten Gesichtern und hat zugleich Angst, auch nur eines zu entdecken.

Seit zwei Tagen keine Nachricht von seiner Familie. Zweiundvierzig Stunden und zwölf Minuten. Bestimmt konnten sie sich rechtzeitig in Sicherheit bringen. Bestimmt ist nur der der Akku alle. Das Stromnetz gekappt. Das Internet funktioniert nicht.

Streubomben. Detonationen. Staubwolken. Straßen, Häuser, Märkte, Krankenhäuser. Alles zerstört.

Er muss diese Bilder aus dem Kopf kriegen.

Amir sieht auf die Uhr. Der Termin. Er muss los. Hätte längst losgehen müssen.

Er steht auf und fühlt sich wie ein alter Mann, alle Knochen tun ihm weh. Er steckt das Handy in die Hosentasche und geht los.

Bestimmt ist alles gut.

Jobcenter. Dritte Etage. Zimmer 346.

Vor der Tür schaut er noch einmal auf sein Handy. Nichts.

Er klopft an und tritt ein.

Nicht Frau Lafour, sondern eine andere Sachbearbeiterin sitzt heute hinter dem Schreibtisch. Über den Rand ihrer grüngerahmten Brille hinweg sieht sie ihn mürrisch an.

„Herr Al-Manaf?"

Er nickt.

Sie rückt die Uhr neben ihrem Namensschild demonstrativ zurecht. Tanja Berg.

„Ihr Termin war um neun Uhr. Jetzt ist es zwanzig nach."

„Tut mir leid. Wo ist Frau Lafour?"

„In Rente gegangen. Ich bin ihre Nachfolgerin."

Pling.

Amir holt sein Handy heraus, schaut schnell aufs Display. Ibrahim. Ich habe Post bekommen, aber ich verstehe den Brief nicht. Kannst du vorbeikommen?

„Herr Al-Manaf. Bitte. Ich habe noch mehr Kunden als nur Sie." Frau Berg deutet mit einer ungeduldigen Handbewegung auf den Stuhl vor ihrem Schreibtisch.

Amir behält das Handy in der Hand und setzt sich.

„Haben Sie Ihr B2-Zeugnis dabei?"

„Nein. Ich habe die Prüfung doch erst letzte Woche gemacht."

„Ja, eben. Dann müssten Sie ja wohl inzwischen das Ergebnis haben."

Amir seufzt. Wann kapieren die hier endlich, dass es jedes Mal Wochen dauert, bis man erfährt, ob man seine Deutsch-Prüfung bestanden hat. Alle wissen das, nur die Leute beim Jobcenter nicht.

„Ich nehme an, es kommt bald", sagt er.

Frau Berg verzieht den Mund, rückt ihre Brille zurecht und wendet sich ihrem Computerbildschirm zu.

„Dann sollten wir jetzt überlegen, wie wir Sie in den Arbeitsmarkt integriert kriegen. Ich habe hier einige sehr schöne Angebote in der Altenpflege."

Pling.

Abu Khaled. Kannst du mir nachher eine Dose Kichererbsen mitbringen?

„Altenpflege? Nein, bitte. Ich würde lieber-"

„Das ist hier kein Wunschkonzert, Herr Al-Manaf. Was haben Sie denn früher, in Ihrem Heimatland gemacht?" Frau Berg schiebt hektisch die Maus hin und her.

„In Syrien war ich Journalist", sagt Amir.

Vor seinen Augen tauchen Bilder auf, wie sie in sein Haus stürmten, erst seinen Computer zertrümmerten, dann seinen Arm. Nur seinen Willen, Unerträgliches beim Namen zu nennen, den konnten sie nicht brechen.

„Und jetzt wollen Sie hier weiter in diesem Beruf arbeiten?"

Als Journalist? Hier? Was denkt die Frau sich? Er gibt sich ja alle Mühe Deutsch zu lernen, geht regelmäßig zu seinen Sprachkursen, macht seine Hausaufgaben, liest, was immer er in die Finger bekommt und manchmal ist er regelrecht erstaunt, dass er fast alles versteht, wenn er Gespräche im Bus oder in der U-Bahn mithört. Aber er ist noch so weit davon entfernt, seine Gedanken aufs Papier bringen zu können, das geht erst, wenn man alle Feinheiten dieser komplizierten Sprache beherrscht.

„Zeitung? Fernsehen? Radio? Was schwebt Ihnen vor?" Frau Bergs Stimme klingt drängend. Ungeduldig.

Was für ein absurdes Gespräch denkt Amir und sagt ganz langsam, „Als eine Journalist man brauchen perfekt Deutschsprache."

Genau diesen Satz hat er vor vier Wochen schon einmal gesagt. Da saß er auch hier.

Frau Lafour war in schallendes Gelächter ausgebrochen und hatte erwidert, „Herr Al-Manaf, es würde mich nicht wundern, wenn Ihnen das gelingt, Sie sind auf dem besten Wege dahin. Wir müssen Ihnen nur noch ein bisschen Zeit verschaffen."

Frau Berg aber wirft ihm jetzt nur einen irritierten Blick zu und wedelt unwirsch mit der Hand durch die Luft.

„Was wollen Sie? Dass ich Ihnen noch einen Sprachkurs genehmige? Das geht nicht, wir müssen irgendwie weiterkommen. Sie müssen sich endlich um eine Arbeit kümmern."

Pling.

Rami. Kommst du mit? Ich geh mit Abu Fauzi und Ahmad ins

Fitnessstudio.

„Gut, machen wir es so. Ich schicke Sie erst einmal zu einer Maßnahme. Im Seniorenheim. Danach sehen wir weiter."

Pling.

Sein Onkel. Wir mussten Deine Frau und die Kinder ins Krankenhaus bringen. Wir sind bei ihnen.

Amir starrt auf die Nachricht, das Blut rauscht in seinen Ohren, er vergisst zu atmen.

„Herr Al-Manaf?" Die Sachbearbeiterin klopft mit den Knöcheln auf den Tisch. „Ich rede mit Ihnen."

Pling.

Sein Onkel. Bomben, nichts als Bomben, es endet nie mehr.

Pling. Das Krankenhaus. Alles zerstört. Ich bin doch nur kurz rausgegangen, um einen Kaffee zu trinken -

Amir steht auf.

Schwarzer Nebel umhüllt ihn, wird dichter, fester, schnürt ihm die Luft ab.

Er wankt aus dem Zimmer.

Frau Bergs Stimme folgt ihm. „Sehen Sie es doch mal so, als Altenpfleger haben Sie beste Zukunftsaussichten."

Albertine Lukilian

Albertine Lukilian wurde in Kanada geboren, wuchs in Ostfriesland auf, lebte ein paar Monate in Ägypten und wohnt inzwischen seit vielen Jahren mit ihrer Familie in Berlin. Sie arbeitet in der Flüchtlingshilfe und schätzt es, mit Menschen aus der ganzen Welt in Kontakt zu kommen. Etliche ihrer Kurzgeschichten, darunter auch einige Kindergeschichten, wurden in Anthologien veröffentlicht und bei Lesungen präsentiert. Derzeit arbeitet sie an einem Romanprojekt.

Frank Schliedermann

Look for the light!

„Go! Go! Go", brüllen die Männer in Uniform. Die Läufe ihrer
Maschinengewehre deuten hinaus aufs offene Meer. Auf einen
dunklen, schwankenden Fleck im gleißenden Mondlicht, das
auf der glatten Wasseroberfläche zerläuft wie ausgelassene Butter. „Go! Go! Go!" Dürre Gestalten huschen über den Strand.
Sie tragen Daunenjacken, Kaftane, Ronaldo-Trikots. Karim ist
ins Stolpern geraten. Er hat einen Schuh verloren. Der Sand
ist noch warm. „Go! Go! Go!" Karim rappelt sich wieder auf.
Alles rennt durcheinander. Wasser platscht. Die Schritte werden
schwerer. Da ist das Boot! Karim kann sein Glück kaum fassen.
Da ist tatsächlich ein Boot! Wie die Männer gesagt haben. Karim
hat schon nicht mehr daran geglaubt. Vier Monate ist er unterwegs. Immer haben sie gesagt, es kommt ein Boot. Und jetzt ist
es da. Aber ist es nicht viel zu klein? Es hat bereits Schlagseite.
Karim dreht sich um. All die Menschen, die noch hinter ihm
sind, all die verschwitzten Gesichter. Sie scheinen genauso ent-
täuscht wie er.

Ein Schiffsmotor heult auf. Ohne zu zögern wirft Karim sein
Bündel ins Boot und klettert hinterher. Er hilft einem Jungen, an
Bord zu kommen. Dann dessen Vater. Karim reicht ihm seine
Hand. Aber der Vater schüttelt den Kopf. „Half Price." Er deutet
auf seinen Jungen. „Go! Go! Go!" Die Männer mit den Gewehren
scheuchen ihn weg, zurück an Land. Das Boot setzt sich in Bewegung. Der Junge streckt seine Arme nach seinem Vater aus. Schreit
wie ein Tier. Er klettert auf den Rand des Schiffes, will zurück ins
schwarze Wasser springen. Aber Karim hält ihn zurück. Hält ihn
ganz fest. Der Junge windet sich in seinem Arm, tritt ihm gegen
das Schienbein. Spar dir deine Kraft, denkt Karim. Du wirst sie

noch brauchen. Erst als der Strand außer Sichtweite ist, lässt er den Jungen los.

Kurz vor Tagesanbruch gehen die Männer mit den Gewehren von Bord. Ein dröhnendes Motorboot holt sie ab. „Look for the light!" sagen sie und lachen. Die Uniformen sind ihnen viel zu groß. „Europe", rufen sie immer wieder und zeigen mit ihren Gewehren in unterschiedliche Richtungen. „Look for the light!" An Bord gibt es daraufhin einen Tumult. Alle reden aufgeregt durcheinander. Arabisch, Französisch, Englisch. Panik klingt in jeder Sprache gleich. Erst nach einer halben Stunde haben sich alle beruhigt. Haben sich wieder hingesetzt, halten Ausschau nach dem Licht. Auch Karim. Sein Onkel hat ihm von Europa erzählt. Von dem Licht. Man sehe es schon von Weitem, sagt er jetzt zu dem Jungen neben ihm. Es bringe den schwarzen Himmel zum Leuchten. Karim ist sich sicher, dass der Junge ihn versteht. Auch wenn er bloß dasitzt und vor sich hinstarrt.

Endlich geht die Sonne auf. Das Boot ist in einem noch schlechteren Zustand, als Karim in der Nacht befürchtet hat. Der Boden ist durchgerostet. Eintretendes Wasser läuft nicht schnell genug ab. Daher auch die Schlagseite. Außerdem sind viel zu viele Menschen an Bord. Dicht an dicht hocken sie auf dem feuchten Untergrund. Familien, Frauen mit ihren Kindern. Karim blickt zu dem Jungen und bietet ihm einen Schluck Wasser an.

Ein kahlköpfiger Mann behauptet, das Boot steuern zu können. Die Richtung zu kennen. Eine Gruppe von Männern hat sich formiert, um ihn zu beschützen. Sie nennen ihn „den Kapitän". Karim beschließt, auch dem Jungen einen Namen zu geben, ihn Mojo zu nennen. Vielleicht bricht das sein eisernes Schweigen. Für die anderen Passagiere ist der Junge unsichtbar. Die Frauen wiegen ihre eigenen Kinder im Arm. Teilen ihre Kekse in winzige Krümel. Rationieren das Wasser. Die Männer brüsten sich mit ihren Zukunftsplänen. Nach Deutschland oder nach Frankreich? Einen

BMW oder lieber einen Mercedes? Mit solchen Fragen halten sie sich bei Laune. Der Junge hingegen hat noch kein einziges Wort gesagt. Hat noch nicht einmal von seinem Fladenbrot abgebissen.

Wind kommt auf. Gegen Abend schieben sich dunkle Wolken vor den Mond. Das Boot beginnt zu schaukeln. Wer nicht schwimmen kann, bekommt Panik. Wer seekrank wird, erbricht das Wenige, das er zu sich genommen hat. Die Wellen ziehen und zerren an dem alten Kahn. Immer wieder spritzt etwas Gischt über die Bordwand. Besorgt blicken die Menschen hinauf in den Himmel. Wo ist Europa? Wo ist das Licht, von dem die Männer mit den Gewehren gesprochen haben? Das der Onkel damals gesehen hat. Karim greift nach der Hand des Jungen. Ob er das auch spüre, fragt er. Je höher die Wellen schlagen, desto schneller seien sie in Europa. Er werde schon sehen. Bald hätten sie es geschafft. Der Junge reagiert nicht. Immerhin hat er inzwischen einen Schluck Wasser getrunken.

Es ist Nacht, als der Motor des Schiffes verstummt. Von einem Moment zum anderen ist es still. Nur das Rauschen der Wellen ist zu hören. Einige wachen davon auf. Dann die aufgebrachten Schreie, das Weinen der Frauen. Diese Betrüger! Karim sieht zu dem Jungen. Das könne nur bedeuten, dass sie bald da seien, sagt er. Um den Jungen zu beruhigen. Zwei Tage, haben die Männer mit den Gewehren gesagt, vielleicht drei. Die Bedingungen seien günstig. Die See ruhig. Dass sie kein Benzin mehr haben, sei ein gutes Zeichen, sagt Karim und nimmt den Jungen in den Arm. Sicher sähen sie noch vor dem Morgengrauen das Licht.

Am nächsten Tag ist die Situation angespannt. Die Sonne brennt. Die letzten Kekse sind zerbröselt, das Wasser wird knapp. Gruppen haben sich gebildet. Die Araber stehen zusammen, im mittleren Teil des Schiffes. Misstrauisch beäugen sie die Schwarzen, die deutlich in der Überzahl sind. Es gibt erste Rempeleien. Streit um Essen, um Wasser, darum, seine Beine auszustrecken. Es wird behauptet, vorn im Boot habe jemand eine Machete. Karim zieht Mojo näher zu sich heran. Warum sollte jemand eine Machete mit nach Europa nehmen?

Die Nächte sind am Schlimmsten. Kein Platz, kein Schlaf. Und auch kein Licht weit und breit. Stattdessen nur Dunkelheit, Durst, Angst, Babygeschrei und dieser furchtbare Gestank. Niemand traut sich noch, seine Notdurft ins Wasser zu verrichten. Schon gar nicht nachts. Jeder hat Angst, über Bord gestoßen zu werden. Manchmal sind Schreie im Wasser zu hören. Jeden Morgen werden Menschen vermisst. Habt ihr Eyong gesehen? Farid? Raoul? Immer werden andere beschuldigt, die Vorräte unter sich aufgeteilt zu haben. Es wird beschimpft, gedroht, Rache geschworen. Karim macht sich große Sorgen um Mojo. Er isst nichts. Das Fladenbrot vertrocknet in seinen Händen. Das ist nicht gut. Vor allem die, die selbst nichts mehr haben, starren den Jungen mit unverhohlener Wut an.

Jeden Morgen geht eine Gruppe von Männern umher. Einer von ihnen hat eine Machete. Sie beugen ihre Köpfe über die Schlafenden. Über die, die sich nicht mehr bewegen. Sie werden an Armen und Beinen gepackt und ins Meer geworfen. Andere springen freiwillig ins Wasser. Zermürbt von der Hitze, von der Angst, von dem ewigen Geschaukel, stehen sie auf und klettern auf die Bordwand. Niemand versucht sie aufzuhalten. Es geht ganz schnell. Die meisten können nicht mal schwimmen. Ein Fisch, ruft jemand. Dann noch jemand. Dann alle. Ein Fisch! Hier im Boot! Verrückt vor Hunger und Durst starren alle in das trübe Wasser, das ihnen bereits bis zu den Knöcheln reicht. Auch Karim sieht nach unten, glaubt, eine silbrige Haut zwischen seinen Füßen zu entdecken. Zum Greifen nah. Aber es ist nur eine Plastiktüte. Er fragt sich, was die anderen mit ihm gemacht hätten, wenn er den Fisch gefangen hätte. Sie haben ihn schon einmal geschlagen und fast über Bord geworfen. Wegen eines vertrockneten Fladenbrots.

Nach fast einer Woche hat auch der Kapitän genug. In einem

unbeobachteten Moment muss er seinen Beschützern entwischt sein. Plötzlich steht er neben Karim. Seine Gebete klingen wie ein Kinderreim, als er seinen massigen Körper ins Wasser gleiten lässt. Der kahle Kopf versinkt wie eine zentnerschwere Last. Die Männer, die ihn tagelang bedrängt haben, die ihm verbieten wollten, zu schlafen, geben sich gegenseitig die Schuld. Eine Frau drängt an ihnen vorbei, ruft dem Mann hinterher, fleht ihn an, zurückzukommen, ihrem Kind zuliebe. Vornübergebeugt hält sie das schreiende Baby über die Tiefe. Ihre lackierten Zehen suchen verzweifelt nach Halt.

Karim presst die letzten Tropfen Urin in seine Flasche. Das wird kaum reichen, weder für ihn, noch für Mojo. Er bekommt Angst. Ist er womöglich schon zu schwach, um sich über den Rand des Schiffs zu hieven? Um selbst zu entscheiden, was mit ihm geschieht? Um nicht verspeist zu werden von den anderen? Darüber wurde schon geredet. Er hat es selbst gehört. Die Beine zuerst. Aber was würde dann aus Mojo werden? Müsste er nicht zuerst den Jungen davor bewahren? Dürfte er das? Könnte er das?

Hör mir gut zu, Mojo! Die Männer haben gelogen. Dein Vater hat gelogen. Ich habe gelogen. Es gibt gar kein Licht. Kein Europa. Nicht für uns. Wir werden alle sterben. Bitte sag etwas! Karim versucht sich aufzurichten. Seine Hände umklammern das Ende der Bordwand. Er will sich hochziehen, schafft es aber nicht. Sein Körper sinkt gegen den Stahl. Der Tod kündigt sich an. Mit einem tiefen Brummen. Es kommt von ganz weit her und wird immer lauter. So laut, dass es den Bootsstahl zum Vibrieren bringt. So laut, dass Karim seine eigenen Gebete nicht mehr versteht. Und plötzlich ist da ein Licht. Ein greller Strahl, direkt über ihm. Kein hell erleuchteter Himmel, wie der Onkel gesagt hat. Aber immerhin ein Licht. Weitere Lichter werden folgen. Und weitere Männer mit Gewehren, die „Go! Go! Go!“ brüllen. Aber da hat Karim bereits das Bewusstsein verloren.

Karim erwacht im Krankenhaus. In Europa, das weiß er sofort. Alles ist hell erleuchtet. Weiß, neu und sauber. Eine blonde Schwester steht an seinem Bett. Sie notiert etwas auf einem Klemmbrett. Als sie bemerkt, dass er wach ist, lächelt sie. Sein Sohn wolle ihn sehen, sagt sie. Karim sieht sie fragend an. Die junge Frau probiert es in einer anderen Sprache. Sie lächelt erneut. Ihr Sohn, wiederholt sie. Mojo.

Frank Schliedermann

Frank Schliedermann lebt in Hamburg. Er arbeitete viele Jahre als Werbetexter für Autos, Deos, Motorsägen und Haarwuchsmittel, ehe er begonnen hat, Kurzgeschichten zu schreiben. Seitdem wurden mehrere seiner Texte veröffentlicht sowie bei Wettbewerben prämiert. Für Dorval, Quebec erhielt er im Jahr 2020 den Hamburger Literaturpreis in der Kategorie Erzählung. Er ist verheiratet und hat zwei Kinder.

Lyrik

Vroni Kiefer

Wandelstern

Die Wiese, duftend nach März und Frieden
Unter deinem Kreuz knisternd
Unter deinem Blick der dunkle Himmel
Flieht blinkend zirkumpolar

Nur scheinbar hetzen die Jagdhunde
Den Großen Bären gen Westen
Nur scheinbar liegst du unverrückbar still
Dein eigen Lot und Fixstern.

Phoenice lächelt mild ob deiner Torheit:
Du bist es doch, die flieht
Die selbst versessen und verlegen
Für mich nicht mehr zu halten ist

Doch die aus Osten kommend
Sich fortgerissen haben
Sich weg, hinwegbewegen
Sie halten Schritt mit meinem Stand!

Ach Menschen, spürtet ihr's
Das Rasen eures Bleibens
Oh, dieser Schwindel
Würd bang euch machen

Ach Menschen, wüsstet ihr
Dass einzig welche fliehen
Dem Lauf der Welt
Etwas entgegenstellen: sich.

Farar

Ein Kuss, ein Löckchen
ein Mund, ein Tänzchen
ein Wein, ein Hündchen
sind Strafe, Peitsche, Tod.
    Mit dem Hund im Grün spazieren
    heißt ihn nie mehr wiedersehn
    und ein Rebensaft, er lässt das
    Blut den Rücken niederperlen
        Die Füße, die im Tanz sich drehn
        ziehn Schlieren in der Zelle nun
        den roten Mund, sie schaben ihn
        von Farbe, Scherben haltend, frei
            Wer Küsse tauscht im hellen Sonnenlichte
            wird es so schnell nicht mehr erblicken
            es werden, wo im Kuss sich Jungen fanden
            die Lippen für die Ewigkeit versiegelt
        Die eine Strähne, die aus dem
        Hijab sich keck herausgelöst
        bedeckt am Ende keinen Kopf
        nur einen Schädel voller Blut
    Mahsa, Hadis, Alireza
    Nika, Mahmoud und Ayaz
    ungezählte andre Namen
    unvergessen ausgelöscht
Oh flieht, oh flieht doch!
den Mut, den euren
erträgt mein Herz nicht
mein feiges Herz nicht mehr

Sinnlos

Ich sah
Mutter im Blute liegen
Und Vater gar nicht mehr
Seitdem
Liegt steter Sand auf meinen Augen

Ich hörte
Kugeln den Freund treffen
Und Schleuser dabei fliehn
Seitdem
Fließt unter allen Liedern Schmerz

Ich schmeckte
Meerwasser beim Versuche
Den Bruder noch zu greifen
Seitdem
Ist immer Salz in meinen Früchten

Ich roch
Ruß und Holz und Rauch
In Moria nebenan
Seitdem
Riecht jede Blume feuerrot

Ich sehe
Eure Blicke auf meinem Bart verharren
Ich höre
Sagen, ein junger Mann schon wieder
Ich schmecke
Verachtung, Hass und Angst

Ich rieche
Gefahr an jedem Ort
Nur fühlen muss ich nichts.

Nicht ein noch aus

Die Ihr todesmutig badetet am Strand
Nach dem Tsunami
Die Ihr wacker Steine trugt zum Damme
Gegen Menschenwellen
Die Ihr Menschen aufmerksam zurückgabt
In die Lager des Bürgerkriegs
Ihr
Seid eingeboren.

Die Wir am Strand Muscheln fanden als
Wir nach Toten suchten
Die Wir wanderten durch atemberaubend
Staubenden Sand
Die Wir gleißen sahen die Pelagische Insel
Vom Meeresboden
Wir
Sind ausgeboren.

Eingeboren, eingebacken Ihr
Kopffüßer in Perlmuttwagen
Ausgeboren, ausgeworfen Wir
Ambra aus dem Leviathan

Ihr wisst nicht aus und Wir nicht ein
Ach, wären wir gemeinsam doch
Gegeneinander aufgehoben:
Ein lang vermisstes Panta Rhei

Vroni Kiefer

Nominiert für die Finalrunde des Wettbewerbs

Vroni Kiefer hat italienische und bayrische Wurzeln, wuchs aber vor allem im Rheinland und Niedersachsen auf. Sie schloss ein Studium in Französisch, Katholischer Religion und Italienisch ab und absolvierte im Anschluss eine Schauspielausbildung. Seitdem ist sie in diversen Selbstständigkeiten tätig: Schauspiel, Moderation, Regie, Schreiben, Bildung, Lernförderung. Das Schreiben ist der Mutter zweier Kinder in den letzten Jahren immer wichtiger geworden, gerade arbeitet sie an einem Buchprojekt.

Anneliese Merkač-Hauser

Fernweh sucht Heimweh

An der Birke vorbei
ritzt mein Finger
noch leicht
eine Kerbe zum Abschied
Unter den Nägeln
schmerzt ihre Rinde
Erinnerungsreste
streifen die Haut

Wir hören Granaten
sonst
geht es uns gut

Wir treten auf Minen
aber
geht es uns gut
Liebe Mutter
es geht mir gut
es fehlt mir an nichts

Wir zählen Vermisste
wir zählen Tote
Die Mauer um uns
verschluckt ihre Zahl

Lieber Vater
es geht uns gut
es fehlt uns an nichts

Wir nähen
wir rezitieren Gedichte
wir addieren und multiplizieren
Rauch beißt in den Augen

Es geht uns gut
ritzt die Tinte aufs Blatt

Aschenstaub
auf den Fersen
im salzigen Wasser
gelöst

Fallende Häuser
aufgetürmt
vor den Augen
im kalten Zelt

Rechts Weinen
links Schweigen
vorne Beten und Zittern

Der hinten
wischt den Schweiß
des Verrates
von seiner Stirn

In jedem Land
neu
Wurzelschlagen
misslingt
im windigen Zelt

Neue Sonne
treibt
das Rad
durch trockene Flüsse

Gebrochene Speichen
bohren
ins Herz
Fernweh sucht Heimweh

Heiß
durch trockene Zweige
schnarren die Winde

Kein Schatten rettet

Ausgesetzt
den Befehlen
wirbelt mein Auge
über den Sand

Nach innen
tropft Regen

Anneliese Merkač-Hauser
Nominiert für die Finalrunde des Wettbewerbs

Anneliese Merkač-Hauser, Jahrgang 1952 studierte Musikpädago-
gik und Germanistik in Salzburg. Unterrichtstätigkeit an Gymnasi-
en und Musikschulen in Salzburg und ab 1982 in Klagenfurt. Seit
den 1990er-Jahren literarisches Schaffen, anfänglich Prosa, später
vorwiegend Lyrik. Veröffentlichungen in den Jahresschriften des
Autorinnenvereines ´scribaria´ und in diversen Anthologien. Zwei
eigenständige Lyrikbücher im Fran Verlag: Samt und Leinen (2011)
und Fernweh sucht Heimweh (2020). Kärntner Lyrikpreisträgerin.

Johanna Dombois

TRIPTYCHON

ATLANTIS

Oft fanden wir während der Bergungsarbeiten
Kleidungsstücke mit eingenähten, kaum fingerkuppengroßen
Säckchen. Sand war darin. Nur das – Sand. Mal war er gelb,
mal trübweiß, mal rosa, auch lila oder grün, niemals nur grau,
dann eher metallisch, einmal von gleißendem Schwarz. Wie
sich herausstellen sollte, handelte es sich dabei um
Heimaterde von Ertrunkenen. Sand, der bei den Havarien
mit hinabgerissen wird und der jetzt auf dem Meeresboden
siedelt. Noch ein Säckchen und noch eines, immer noch
eines, zu einem neuen Land zusammenkommend, auf dessen
Feldern bunt die Ähren stehen werden für Laibe von
ungekannter Süße und Schar.

PIRÄUS-PORT, GRIECHENLAND

Das Werkzeug: Legt eine große Fähre an, werfen Deckarbeiter eine Garnschnur je rechts und links über die Reling an Land. Die Schnüre sind den Festmacherleinen im Bug so vorgeschaltet, dass diese mit Hilfe jener vom Pier aus herangezogen und dort – den Schiffsrumpf Stück um Stück nach sich schleppend – an den Pollern befestigt werden können. In Wurfrichtung sind die Schnüre mit dicken, gewachsten Knoten, fast schon Bällen aus Kordel versehen. Ihr Gewicht stellt sicher, dass das Tauwerk auch bei hohem Luftwiderstand, Wellengang oder in Notsituationen genügend Drill behält, um den Graben bis zum Kai hin zu überbrücken. Legt die Fähre ab, verläuft die Prozedur umgekehrt. Hafenarbeiter schießen die am Pier herumliegenden, meist ziemlich durcheinandergeratenen Schnüre auf, bündeln sie neben den Festmacherleinen, die dann aus ihren Schlaufen über den Pollern gelöst, auf Durchsage von Deck aus und über riesenhafte Winden eingeholt werden, um schließlich das ganze Tauwerk samt Knoten mit sich zurück in den Bug zu reißen.

Der Rhythmus: Piräus-Port, Tor E7. Die Delos ist heute Mittag unser Schiff, nach der heiligen Insel, die selbst einmal in der Ägäis hin- und hergeschwommen sein soll, bis Poseidon sie mit diamantenen Seilen auf dem Meeresboden verankert hat, weil inzwischen Apollon auf ihr geboren worden war, der der Insel allein kraft seiner Ankunft eine Heimat gab, anstelle diese ihm, – wie gut diese Geschichte ist. In Paros legt die Delos das erste Mal an. Ein Arbeiter aus Piräus wirft das Tauwerk von Deck. Legt sie ab, schießt ein Mann in Paros auf, was zuvor der Mann aus Piräus abgeworfen hatte, der das Tauwerk nun wieder im Bug verwahrt. So fährt die Delos nach Naxos. Dort wirft der Mann aus Piräus das Tauwerk ein zweites Mal von Deck, ein Arbeiter in Naxos schießt auf, was zuvor der Mann in Paros aufgeschossen hatte, so fährt sie nach Kalymnos. Dort wirft der Mann aus Piräus das Tauwerk ein drittes Mal von Deck, ein Arbeiter in Kalymnos schießt auf, was zuvor der Mann in Naxos aufgeschossen hatte, so fährt sie nach Kos. Dort wirft der Mann aus Piräus, der übrigens Babis heißt, das Tauwerk ein viertes Mal von Deck, ein Arbeiter in Kos schießt auf, was zuvor der Mann in Kalymnos aufgeschossen hatte, so fährt sie nach Nisyros. Dort wirft Babis das Tauwerk ein fünftes Mal von Deck, in Nisyros schießt aushilfsweise ein Handlanger auf, was zuvor der Mann in Kos aufgeschossen hatte, weiter nach Tilos. Dort wirft Babis das Tauwerk ein sechstes Mal von Deck, ein Arbeiter in Tilos schießt auf, was Jamal in Nisyros aufgeschossen hatte, sie fährt nach Symi. Babis wirft das Tauwerk ein siebentes Mal von Deck, ein Arbeiter in Symi schießt auf, was Fotis, ehemaliger Kollege von Babis aus Athen, in Tilos aufgeschossen hatte, die Delos passiert das Nadelöhr der alten Welt, apropos, kurz vor Paros war sie an Delos vorbeigefahren, und erreicht ihr Ziel in Rhodos-Stadt.

Das Meer: Auf der Fahrt zurück nach Piräus verläuft die Prozedur umgekehrt. Nur dass das Gespinst dadurch nicht aufgetrennt, im Gegenteil dichter und dichter wird. Stellt Euch vor, die Fähren sind im Wahrheit Schiffchen im Webstuhl eines Titanen, ihre Fahrtrinnen und Kielspuren Schussfäden, die unter- und über-, unter- und über-, immer wieder unter- und überschießen, täglich tausend neue Querverbindungen schaffen, sich in Ufersäume schlingen, Ösen suchen, Haken finden und falls diese nicht vom Wind verkettelt werden, bald Luftmaschen, am Ende Fischgrat, Muster, Zuschnitt bilden. Die See selbst liegt als Segel da, weit wie ein Land, ohne Land zu sein, aufgespannt zwischen Fels und Sand, Acker und Riff. Ihre Wellen sind Falten aus Stoff, ihre Strudel Knäuel, Algen, Quallen, Korallen, die ganze Unterwasserwelt ist eine Myriade bunter Unterfäden, die abzuschneiden keinem je in den Sinn kam. Stellt Euch das wirklich einmal vor. Es verkehrt die Verhältnisse. Die Ägäis ist kein Schlund, den jemand nur mit schwerem Wasser

aufgefüllt hat. Sie ist spinnbares Material, ein
Gewebe aus Flut, Licht, Tang, Diesel, Schaum und
Salz, das mit jeder Überfahrt feinmaschiger wird
bis bald nicht einmal mehr ein Korn hindurchfällt.
Nicht eines. Keines. In Paros gibt es eine Ikone
mit Johannes dem Täufer, der ein Hemd aus
Wellen trägt. Genauso. Die Ägäis ist tragfähig. Die
Ägäis ist Wasser, doch Netz zugleich.

Εμπρός παιδιά! Allez enfants!

Taufkleid

Das Kleidchen hatten Mutter und Oma aus einem Laken gemodelt, ausgerechnet Laken, mit einer Schleife in der Mitte aus Gardinenstore, dazu Leibwickel und Windeln aus altem, aber gutem Leinen. Kaum gelandet, wollten sie das Kind taufen lassen. Vater war keiner da. Später hörten wir, dass es ihn überhaupt nicht mehr gab. Vielleicht wusste ein Diakon davon, vielleicht auch nicht. Jedenfalls wurde dem Kind der Vers *Des Menschen Sohn ist gekommen, zu suchen und selig zu machen, was verloren ist* zugewiesen und am nächsten Tag damit im Kirchenbuch der Gemeinde aktenkundig gemacht. Was für eine Wahl, ausgerechnet in dem Moment den Verlust zu erwähnen, da jemand neu angekommen ist, als brächte nicht bereits das im Taufkleid vernähte Bettlaken genug Bahrtuchsymbolik mit hinein. Und gerade bei den großen kleinen Aufzügen sollten doch die Menschen nicht die Kleider, sondern die Kleider die Menschen tragen. Aber ein paar Tage später fuhren alle gemeinsam ans Meer. Dort spülten sie die weiße Wäsche des Täuflings, die ihrem Usus folgend nicht herkömmlich in der Maschine und schon gar nicht dry clean gereinigt werden darf. Die Leibchen, jetzt salzig und deshalb noch lange feucht, zogen sie dem Kind wieder über. Das Meer wurde zur zweiten Haut derer, die es zuvor überquert hatten, um ihre erste zu retten. So war die Ordnung der Menschen wiederhergestellt. Die Kleider selbst stellten Ordnung her. Wären wir alle so imprägniert.

Johanna Dombois

Nominiert für die Finalrunde des Wettbewerbs

Johanna Dombois lebt und arbeitet als freie Autorin in Köln und Athen. Vormals Hausautorin an Opernhäusern, Musiktheater- und Medienkunstbühnen. Sie schreibt literarische Reportagen, Creative Non-Fiction, Kurzepik und lyrische Prosa. 2012 erschien bei Klett-Cotta ihr Band *Richard Wagner und seine Medien* (zusammen mit R. Klein), Nominierung zum Buch des Jahres 2013. Jüngstes Buch: *Rettungswesen*. Prosa. Köln 2018. Nominierung zum Deutschen Literaturpreis für kritische Kurztexte 2020.

Gudrun Pfeifer-Kersting

ABGEWIESEN

Am Ende des Tunnels
Nur Wand
Mein Gesicht zerfließt
In Schwärze
Mein Haar
Ein Fächer am Boden
Meine Füße
An deren Wunden
Zerrissene Tage kleben
In Beton gegossen

Kein Ankommen
Nirgends

DAS BLUT IN DER ERDE

Meine pochende Stirn
An seinem kleinen Körper
So still –
Wo bin ich jetzt?
Wer wird mich halten?
Das Blut in der Erde
Brandung
In meinen Ohren
Mein Kind –
Unmöglich
Ich kann es nicht denken

Ein Mann zerrt mich hoch
Presst mich mit Macht
An eine fremde Schulter
Abgewetzt
Das Leder der Jacke
Es riecht –
Der alte Schuppen
Im Garten der Großeltern
Ich sehe mich spielen …

Ich will mich entwinden
Der Mann hält mich fest
In strenger Umarmung
Sein Atem an meinem Ohr
„Wir müssen weiter! Verstehst Du?“
Graue, gekräuselte Haare
Die über den Kragen
Stehen

Mein Schmerz bäumt sich auf
Ich kämpfe mich frei
„Willst du sterben, Frau?"
Seine Arme sind ratlos
Zum Himmel erhoben
Zorn
Wärmt die Angst an
In seinem Blick

Ich schüttle den Kopf
Wie gelähmt steh ich da
„Vater, bitte!"
Die Frau zieht ihn mit sich
Ihr Gesicht voller Schrammen
Ein weinender Säugling
Im Tuch vor der Brust

Ich will nur zu dir
Und komme nie an
Dein Blut in der Erde
Mein Leben –
Mein Kind –

KEIN ABSCHIED

Losgerannt
Niemals anzukommen
Füße, die ins Leere laufen
Nur fort

Schneller, bloß schneller
Mein Rücken weit offen
Ich fühle sie zielen
Wann werde ich stürzen?
Wie wird das Ende sein?

Die Angst schließt mich ein
Wie ein Raum ohne Fenster
Sie zerrt an den Adern
Ein saugender Boden
Der fällt

Sie sind tot
Die ich liebte
Kein Haus mehr
Kein Heim

Die verkrusteten Haare
Meiner sterbenden Mutter
Unter Mauern verloren
Gellend
Die Frage
In ihren sinkenden Augen
Nur ein Flüstern noch:
„Flieh!"

Die Schüsse verebben
Einmal dreh ich mich um
Das Dorf meiner Kindheit
Nur Trümmer, Ruinen
Die Leere schwappt über
Aus all meinen Poren
Legt bleierne Schleier
Über meine Stirn

Unentfliehbar
Das Nichts
Es ragt in mir auf
Wie gläserne Stelen
Mein Herz
Vom Atem
Zu trennen

Nie fort
Nur weiter

SCHMERZENSSTADT

So viel ungelebte Träume
So viel unerreichte Ziele
So viel zerschlagene Leben
So viel zerrissene Bänder
So viel getrennte Vertraute
So viel zerstörte Tempel
So viel Angst und Verzweiflung
Bittere Einsamkeit
So viel verlorener Glaube

Wie konnte geschehen,
dass der Schauder seine
blinde Hand
nicht zügelte?
Wer höhlte sein Herz?
Was ließ ihn leugnen
woher wir kommen,
ließ ihn vergessen,
wer wir im Innersten sind?

Die Schmerzensstadt wächst
Unter Waffengetöse
Mit ihr sinkt der Stern
Unserer Erde
Unhörbar
verliert sich
unsere Zukunft

Gudrun Pfeifer-Kersting

Gudrun Pfeifer-Kersting, Jahrgang 1957, lebt und arbeitet in Hamburg. Schon in der Jugend verfasste sie Gedichte; auch Tanz und Musik gehörten zu ihren Leidenschaften. Nach einem Rhythmik-Studium an der Hochschule für Musik und Theater in Hannover und Berlin unterrichtete sie junge Menschen im Feld Musik/Bewegung/Sprache und Performance, wofür sie Texte, Lieder und Musicals schrieb. Sie veröffentlichte Artikel zu philosophischen Themen. Heute liegt ihr Fokus vor allem auf dem Schreiben.

Eline Menke

Das sind wir

Das sind wir in diesem Garten,
der kein Garten ist
bis zu diesem Zaun, von dem
Vater vergeblich Rost abwischt,
Mutters Trost sind Rosen,
die eigentlich Disteln sind.
Ich aber glaube den Farben, den
Blütenblättern, nehme Rosenduft
mit in den Schlaf. Im Traum
stechen mich Dornen, wenn ich
hinüberranke.

Im Nirgendwo

Wo wir auch hinhörten,
soufflierte das Meer von
endlosen Tagen, die
im Wasser dümpelten.
Wir nährten uns vom Salz
auf den Lippen, tranken
Stille vom Meer, warteten
auf ein Flüstern vom Land.

Leicht machen

Meine Erinnerung
liegt begraben
in Gegenständen,
die nicht meutern
unter dem Staub der Jahre.
Gedanken klettern
über Bücher und Bilder
belagern die Schränke.
Wie schwer wiegt die
Heimat der Worte?
Wohin mit den Geschichten
die niemand erfährt,
wenn ich mich leicht mache
ohne Gepäck ankomme
an einem neuen Ort.

In der Dunkelstadt

Meistens tappe ich
im Dunkeln, kenne
meine Nachbarn nicht.
Nachts werden sie
zu Gesichtern im
Taschenlampenlicht.
Wenn sie aus ihren
Häusern fallen wie
Vögel aus dem Nest
zerbrechlich mit
dünnem Gefieder
erkenne ich ihre
Angst in meinen
Augen wieder.

Grenzland

Im Quartier der Nacht
weiden Schafe in meinem
Traum. Ihre Tritte, ein
Strichcode im Gras, dort
wo meine Heimat in Kopf-
Büchern wächst, wenn ich
an Boden verliere, ins
Vergessen gerate, nicht mehr
entziffern kann, über welche
Schwelle ich trat.

Eline Menke

* 1956, lebt in Rheda-Wiedenbrück, Studium der Slavistik, Germanistik, Sozialwissenschaften. Veröffentlichungen in Literaturmagazinen wie DAS GEDICHT, Dichtungsring, eXperimenta, Tentakel, Poesiealbum neu, in Anthologien wie Ulrich Grasnick-Preis. Beiträge für das Street-Poetry-Projekt der Bielefelder Plakartive, 2019 und das Projekt Literaturland Westfalen ´Europa und der Stier´, 2021. Preisträgerin beim Literaturpreis Harz 2020, Nominierungspreis beim Literaturwettbewerb der Gruppe 48 e.V., 2021. 2022 ebenfalls nominiert.

Annette Lentze

ankommen I
fremde kleidung tragen
tee in tassen füllen
den tisch zurechtrücken
ein tuch umlegen
unbekannte musik hören
in kameras lächeln
danke sagen
braune ränder von möhren abschaben
gedankenverloren in einem topf rühren

ankommen II
rührseligkeiten wie habseligkeiten
die wehmut auf messers schneide tragen
in der oberflächlichkeit wühlen
feuchte tränenluft einatmen
den wind unter die steine kriechen sehen
grauen staub in die seele aufnehmen
kater buckeln sich krumm
krähen sammeln sich

ankommen III
gewappnet sein
für die fallen des falles
die erinnerungen langsamer ausatmen so lange
bis die blätter zurück auf die bäume fliegen
in die nacht hinein schweigen
regen rieselt leise auf die erde
die nicht mehr erdet

delphinengesang
im boot wohnen
in der fracht
in der kiste
im morschen astloch
den nachtstaub abstreifen
inmitten geschichteter wasserwelt

aufbruch
von den landengen aus
wie ein gebirgsbach
durch alle offenen tore rauschen
mit jedem tag in mir umsiedeln
winklige zelte aufschlagen
zwischen den lachfalten
tiefer unter die böschungen kriechen
vielleicht überwintern
vielleicht immergrün
vielleicht lichtungsweise überdauern

hineingegangen
herausgefallen
den fuß in der luft verankern
lernen etüden zu lieben
schwimmende inseln bewohnen
spiegelverkehrt atmen

Annette Lentze

Annette Lentze hat Evangelische Theologie studiert und in Kirche, Universität und einem Verband als Referentin gearbeitet. Heute lebt sie als Künstlerin (Malerei), Autorin (Lyrik und Prosa), Kunsttherapeutin und Coach (DGSv) in Köln. Sie gehört der Künstlergemeinschaft ´Atelier Rheiner´ an. Lyrikpreise, Lesungen, Jurytätigkeit, Veröffentlichungen und Ausstellungen begleiten ihren Weg. 2022 hat sie ihre Malerei und Lyrik in einem Bildband miteinander in einen Dialog gebracht. Weiteres: kunsttherapie-coaching-koeln.de

Eva Burt

Flucht über Flure

Diese Träume Schachtelhalm
werden nie aufhören
Manches begreift man so spät erst
so spät
man fragt sich
wozu noch, wozu

Der Mond kreist so träge ums Haus
dass die Nacht dreimal so lang ist
Du willst nicht schlafen
dann kommen wieder die Bilder
du weißt es
sie werden marschieren in dir
auf und ab
auf und ab

Du schaust den Mond an
er schüttelt den Kopf
sagt leise: dazu
Er ist voll
und wahnsinnig hell
dir ist als sähest du ihn
zum ersten Mal
Das Begreifen
bringt Ruhe

Du bist auf der Flucht
auf der Flucht über Flure
und Treppen
die du hinab stolperst
viel zu schwach eigentlich
warum warum wollen sie dich
nicht gehen lassen?
Du weißt es
Sie sind noch nicht fertig mit dir

Sie gaben dir so viele Namen
dass du deinen echten vergaßt
Aus Namen
sind Narben geworden
das eine
konntest du abschütteln
das andere nicht
All dies sollte dir Hoffnung bringen
wenn du sie nicht entdecktest
war es deine Schuld
dein Versagen

Die Flucht
endet im Bett
jedes Mal
begreifst du
es ist Morgen
es ist vorbei
lange vorbei
schon Jahre
dann weinst du
aus Dankbarkeit

manchmal jedoch auch
vor Wut
du konntest entkommen
sie schicken dir jedoch
immer noch
diese Träume
Irgendwann einmal
musst du antworten

Straßen dicht

Sie machen die Straßen dicht.
Ich schreibe dir
den letzten Brief,
sage dir, was wir sind
ungefragt
bist du,
musst verharren
in meinen Worten.

Ich habe uns fliegen sehen
und bin nun die,
die dem Boden gehört.
Du entschwebst,
steigst höher und höher.
Ich koste die Erde und du
grüßt schon die Wolken.

Ein schlagendes Herz
kann für zwei nicht genügen.
Mein Körper allein gehört mir,
bleibt bei mir,
verstummt.

Wortblasen

Da treibt etwas
über dem Meer
Ein Wort
das sich hier
so viele Menschen teilten
Sie kannten sich nicht
und hatten es dennoch
alle in ihren Kehlen
Sie sangen es
unfreiwillig
im Chor
Dem Meer
ist das Wort egal
Über seine Schaumkronen
zischt
bloß noch sein Nachhall

Wird es immer
auf Jahre und Jahre
bei diesem Wort bleiben?
Es sinkt auf den Grund
zusammen mit denen
die es heraus pressten aus sich
Es ist eingekerbt
in ihre allerletzten
Luftblasen
die beim Fallen
beim Trudeln
zur Oberfläche stiegen
Diese Wortblasen

Sie zählen nicht
Unter Wasser
gibt es keinerlei
menschliche Sprache

Die Fische
sind unbeeindruckt
Sie denken bloß
wie viele kommen wohl heute
Sie schwimmen ein Stück
mit den Körpern mit
begleiten zeremoniell
alle Toten
Sie sind dem Irrtum erlegen
das Wort Hilfe
bedeute hier unten
nichts weiter als
Hallo

Nachhall

Die Worte
sind nicht im Handgepäck
Die Worte
sind nicht im Schuh
Die Worte
sind nicht an dir
Schon gar nicht
in deinen Augen
schon gar nicht
in deinem Mund

Du hast sie nicht
eingepackt
Sie sind dir
lange schon
lange
zu groß
zu gewichtig
zu sperrig

In dem neuen Land
wirst du dir
ein neues Wortpaket kaufen
wenn dies möglich ist
Du schreckst nicht zurück
Worte zu stehlen
nimmst in Kauf
um Worte zu betteln

Dein Abschiedsgruß
hallt dir nach
im Kopf
das letzte Vertraute
was du an heimatlichen Tönen
heraus spucktest aus dir
Es war mühsam
Du bist müde
nimmst eine Tablette
die den Worthall in dir
zersetzen soll
Es wird nicht gehen
das weißt du
Du schluckst
den weißen Kreis
trotzdem
Gerade dafür
reicht noch die Kraft
Im Flugzeug
stellst du dich schlafend
Die Stewardess bringt Getränke
du schüttelst den Kopf
Du wirst
eine lange Zeit stumm sein
überquerst
stundenweise
all die Länder
und Sprachgebiete
Dialektzonen
Am liebsten
möchtest du
einfach nur fliegen
und nie wieder landen

Eva Burt

Eva Burt ist 36 Jahre alt und wohnt in Siegen. Sie ist Verfasserin von Gedichten und Kurzgeschichten, Rezensionen zu Büchern und kurzen Essays. 2010 erschien ihr Gedichtband ´Über Dächern´, ein Nachfolger ist in Planung.

Brigitta Huemer

sommerschnee

blutrote taten
und eine welt die aufschreit
so viel abschied unter den füßen
wohin du dich wendest
gequälte erde
gefallene träume
erst / zerfranster atem
sommerschnee auf der seele
später / gebrochene stimme
bombenhagel
und der geruch von asche
an letzten dingen
worte hängen
durchweicht an der leine
die sonne tut das ihre
stundenweise
als wäre nichts geschehen
als ob es so bliebe
so hell-geträumt

EXIL(E)

Irrende Geister und
Orte die dich häuten
Wasser / auf dem du
über alte Risse gehst
Wieder tauchst du tief
ins Gewell der Macht
Dein Blick wär' gerne Licht
das ihre Schatten trinkt
Lass Falter im Haus
und Staub auf den Dielen
Wirf den löchrigen Schuh hinter dich
ehe du weiter ziehst

LA MER

Mich quert die Grenze
des Unaussprechlichen
Das pulsierende Wort –
Verdrängung
In jedem atmet ein Horizont
Und das zweideutige Meer
Geteilte Wasser
Wogentraum und Schattenhort
Gezeiten Wende
LA MER -
schreitrunkene Stille
Die Gestrandeten schweigen
Die Verlorenen aber
buchstabieren ‚Sühne'
in den Sand

REGENFRAU VON ZIVHE

Ich habe dich erkannt
an deinen tintigen Tränen
Gefreite der Liebe
An diesem Not gewordenen
Flecken Erde
In der Schwüle des Mittags
Zwischen Uniform und Stacheldraht
Unter kurdischem Himmel
im Nirgendwo
Eine Begegnung im Ghetto
Inmitten von Hitze / Staub und Sterben
von versuchter Ordnung und Disziplin
Als einzig das Mondlicht genügte
ein Blick / ein Buch / ein Zeichen
Um dem Ruf zu folgen
Komm
Sei
Regenfrau von Zivhe -
bin ich Salz
auf deiner schwärenden Wunde

gehüllt

in ein altes entsetzen -
vertriebene
im fadenkreuz der macht
es türmen sich
die schatten des leids
zu viel nacht geschluckt
zu viel unterirdische nähe
zwischen schlaf und sterben
du weißt ja
letzte blicke
schreiben sich ein
in die lebenden
und in die toten

Brigtta Huemer

Brigitta Huemer (* 1957 in Gmunden) lebt als freie Schriftstellerin im Mühlviertel und in Altmünster, publiziert Lyrik, lyrische Prosa und Kurzprosa in Anthologien und Literaturzeitschriften und hat 2015 einen Lyrikband veröffentlicht. Sie ist mehrfache Preisträgerin beim Lyrik/Prosa/Märchen Literaturpreis AKUT und Preisträgerin der Linzer Leseregatta 2015. Vorstandsmitglied im Literaturkreis PromOtheus und in der Gesellschaft der Lyrikfreunde Oberösterreichs.

Insa Oertel

Die Flüchtenden

Aus Schatten malen wir das wunderbarste Bild der Nacht
mit unsichtbaren Fluchtpunkten
      Wohin?
Wir können nicht bleiben.
Wo wir sind, sind wir abwesend.
Nur so kommen wir fort.
      Von wo?
Fort von allem, was war. Wir verweigern, was war.
Verweigern uns selbst.
Nur so finden wir die Kraft —

und werden Schatten,
die uns ewig folgen.

Traumgedächtnis

Mein Kind,
      schlaf noch nicht ein —
      noch eine Geschichte für dich,
      bevor sich blutschäumende Intarsien einbrennen
      ins Traumgedächtnis.

Horch, mein Kind,
      hörst du das Klacken?
      Das ist das Hinkebein,
      das dem Stein nachhüpft,
      der dem Himmel zu
      geworfen ward.

      Wäre doch gelacht,
      wenn der Höllensprung misslänge!

Mein Kind, erinnere dich:
DU bist noch immer im Paradies angekommen!

… geworfen ward der Tod
in den feurigen Pfuhl

Mein Kind,
      deine Geschichte schreibe ich ein
      in das Buch des Lebens
      und du hilfst mir morgen,
      den winterharten Boden
      zu pflügen.

Sieh, mein Kind,
>> die Flügel der Krähen glänzen golden
>> im Mondlicht,
>> sie kreisen schon um die
>> verheißungsvolle Saat.

Ja weine nur, mein Kind,
>> und verberge den Samen
>> im Tränenkleid.

Träume nun,
>> schlaf tief, mein Kind.

Valetta

Lass uns Sandburgen bauen!
Lass uns den Wind begrüßen,
der durch die Festung bläst.

Lass uns einkehren
in die Herberge am Deich,
trinken den Wein der Fremde,

als wären wir willkommene Gäste
am Kreuzungspunkt des Menschlichen.

Lass uns liebender Staub werden!

Karawane

Ein reuiger Engel zog mit uns.
Gefallen sei er, gefallen. So oft!
Wir spürten ja kaum noch etwas,
unsere Füße waren taub,
die Münder ausgetrocknet,
die Erinnerungen verloschen,
und dennoch:
sein mühevolles Suchen nach Erlösung
erweichte uns Mark und Bein!

Insa Oertel

Insa Oertel, Jahrgang 1962, studierte Germanistik und Musik in Göttingen, Bremen und Oldenburg. Das Schreiben wurde ihr zur zweiten Haut, sozusagen zur Membran zwischen dem Ich und der Welt. Getragen von Rhythmus und Klang eröffnet ihr die Poesie eine ästhetische Dimension, die Kunst in ihrer gesellschaftspolitischen Funktion unersetzbar macht. Mit jungen Menschen inszeniert die Autorin Lesungen und Performances, die aus Prozessen des Kreativen Schreibens und der experimentellen Komposition heraus entstehen.

Sigune Schnabel

Die Welt hat ihre Sprache verloren

> Gäbe es Götter, so hätten sie die Welt nicht erschaffen
> und ihre Erschaffung nicht zugelassen.
> Carl und Joseph Čapek

Bodb

Ich werde zuschauen, während sie
die Welt vernichten.
Auf meinem Hügel lege ich
die Hand aufs Herz,
weil es um sich schlägt.
Sei still, sage ich. Heute sterben nur die andern.

Aber noch sind auch sie
im Trubel und lächeln Farbe
vom Abendhimmel. Männer schaufeln Gruben,
doch nur die Kinder
springen hinein. Sie spielen
Erde zu Erde, Staub zu Staub
und schütteln mit den Putzlumpen
der Mütter.

Väter haben den Tod aus dem Boden geholt,
in Form gegossen und in Lager gestellt.
Sie haben Grenzen erfunden
und wieder gesprengt.

Niemand wusste, dass es
Lebenslinien waren.

Camulos

Schutz kann ich nicht mehr geben,
wenn der Tod seine Wanderung beginnt.
Ihm voran laufen Tiere,
Füchse und ausgesetzte Hunde.
Sie schnuppern an den Häusern,
suchen Nachtreviere und Futter.

Auf dem Dorfplatz liegen Worte aufgebahrt.
Die Menschen strömen zu ihnen hin
und hinterlassen Blumen, Kränze
aus Wiesenschaumkraut und Mohn.

Aus einem flüssigen Land
brach das Leben heraus
und stürzte bergab,
und die Welt blutete Bäche
bis in die Meere hinein.
Kinder tranken daraus und Mütter
wuschen die Wäsche.

Manchmal rufen sie mich an,
ich aber bin schon alt.

Segomo

Meine Zeit gehört dir,
sage ich den Männern,
wenn ich mich nachts zu ihnen schleiche.

Aber sie sind schon tot.
Nur ihre Körper bewegen sich noch
und schmücken sich mit fremden Reichen,
die Rücken gebeugt von der Last.

Zu ihnen sprechen Zungen
aus Land.

Sie flüstern über Generationen hinaus,
doch die Söhne haben alle Sprachen verloren.
Auf den Lippen verwitwen die Buchstaben
noch vor der Geburt.

Teutates

Die Schönheit krümmt sich,
aber sie verneigt sich nicht.
Es ist der Schmerz, der sie beugt.

Ich führe Truppen an,
wenn sie den Kampf suchen,
leite sie durch Wälder.
Waffen glühen,
mir aber ist es gleich,
wen sie treffen.
Ihr Klang sagt, dass es keine Freiheit gibt.
Was sind schon Worte – sie malen nur Lügen
übers Land.

Wir graben uns Verstecke
tief in unsere Mutter-
Erde. Sie hat uns ausgestoßen,
jetzt aber öffnen wir sie, um uns zurück
in ihren Leib zu legen.
Noch einmal wird sie uns gebären,
wenn die Schüsse schweigen.

Abends singen wir vom Himmel
über den Dörfern.
Seine Wolken haben keine Namen.

Cnabetius

Ich bin im Land der Lebenden,
aber verstümmelt. Ein Teil von mir
ging vor Jahrtausenden
zu den Toten.

Er hält Zwiegespräche
über die Grenze hinweg,
flüstert mir Flüche zu.

Manchmal trage ich den Krieg
auf meinen Schultern durch die Stadt.
Er hat seine Mutter verloren
kurz nach der Geburt,
bleibt stumm,
seine Zunge aus Stahl.
Niemand will ihn bei sich aufnehmen,
also ziehe ich weiter.

Aber er ist hungrig,
die Milch sauer
und Raubtierzähne wachsen in seinem Mund.
Ich klingele an den Häusern
und bitte um Hilfe.
Ein buckliger Bewohner
gibt ihm Löwenfleisch.

Sigune Schnabel

Jahrgang 1981. Zahlreiche Veröffentlichungen in Anthologien und Zeitschriften, z.B. *Jahrbuch der Lyrik 2022* und *2023, Seitenstechen, Krautgarten und mosaik*. Verschiedene Preise, u.a. postpoetry-Wettbewerb 2018, Landschreiber-Wettbewerb mit Aufenthalt in Neuharlingersiel sowie Wiener Werkstattpreis 2022. Finalistin beim Lyrikpreis Meran 2022. Einzeltitel zuletzt: *Auf Zimmer drei liegt die Sehnsucht*, Geest-Verlag, Vechta 2021. Mehr unter www.sigune-schnabel.de.